U0040684

暢銷奇幻天后

蝴蝶

Seba

著

插畫家 平凡．陳淑芬 繪

降臨

她，靈魂乾淨無瑕，被選中成為神明的「容器」，
只因眾神喜愛人間的一切，熱情想與人們溝通。
但，變成濟世救人的「仙姑」，並不會讓她的人生順遂，
反而亂中更亂，連姻緣紅線都被弄亂了……

降臨——一場愛情和奇幻的旅程

DIV

讀蝶姐（Seba）的小說，就像是在看一場精緻而細膩的愛情電影，不但故事引人入勝，裡面的角色鮮明，更重要的是，蝶姐總是在故事中勾勒出一種看似簡單，卻又發人深省的「愛情觀念」。

男主角和女主角的互動頻繁而有趣，讓人捧腹大笑之餘，卻一點一點感受到愛苗正在兩人之間滋長。

而且，蝶姐還是一個勇於尋找新題材，挑戰自我的作家，就像是一個熱愛拍愛情電影的導演，一會兒將故事拉到燈紅酒綠的都會，一會兒將故事安置在虛擬與現實交錯的網路。這一會兒，乖乖不得了，蝶姐甚至請下了滿天神佛，套上了乩童仙姑的愛情，套句最近流行的句子，這

是一個「降臨——美女仙姑和帥哥醫生的故事」。

而且，蝶姐的故事有一種奇異的魅力，宛如走入了電影院，不到散場，捨不得離開，好讀好看，更是好深刻的情感。

這個故事《降臨》，背景在一個純樸的小鎮，一個受人景仰的仙姑，一個致力於科學的醫生，兩個人背景差異很大的男女，會擦出什麼樣的火花？這是一個從未有人發掘的題材，乍看之下似乎很離奇，但是，在愛情這塊金字招牌底下，一切又顯得這樣簡單自然，看完之後更讓人心有戚戚焉。

我偷偷跟妳説，能將這一切實現的，這就是蝶姐的文字功力。

故事中串場的諸神諸佛，每一個都曾是我們熟悉無比的神明，從威嚴的武聖關羽老先生，到調皮可愛的哪吒小朋友，這些伴我們一起長大的神仙們，在蝶姐的筆下，一個一個被賦予了人性，可愛又親近，好像我們的好朋友。

這是一本好書，會讓你從頭笑到尾，也會帶你體驗一場奇幻的愛情旅程。

來吧！跟著我動作，把書打開，準備體驗這一場難以忘懷的電影。

（推薦序謹依作者之英文字母排序）

就是精采

icecream 風聆

老實說，蝶姐的小說，我讀的並不算多。

這或許是因為蝶姐小說的數量太多了，實在不容易追上的關係。

但你無法不同意，蝶姐的小說總有種驚人的魔力，除了令人動容的故事之外，總還隱藏著蝶姐對現實生活的揶揄，當然，還有許多涉世不多的人難以感受到的感受與嘆息。但蝶姐用充滿趣味的文字，將這樣的故事建構了起來。

看《降臨》時，我總會想到在舒祈的靈異檔案資料夾中，蝶姐所架構出來那「看不到」的另一個世界，在這個世界裡，神也好、魔也好、妖也好，總還充滿著宛如人世間中的愛戀與執著，還有他們之間彼此交

纏糾結的關係。

老實說，打一開始見到《降臨》故事中，忽然起乩的相親場景時，我原本以為這會是一篇充滿黑色趣味，相當輕鬆有趣的愛情故事。

哪吒與檀茵的鬥嘴，熱心跟衝動同樣無法控制的關二爺，缺乏耐心的大聖爺，以及苦口婆心分析道理的媽祖，每個角色在蝶姐的筆下活躍著，充滿著無窮的趣味。

（還害我又被同事唸：「又在電腦前面傻笑了！」）關二爺和大聖爺拉下臉來裝女聲的幾個橋段，更讓我笑了好久，差點把螢幕搖壞。

然後我發現這個故事並不是那麼簡單，蝶姐畢竟不會這麼輕易地放過讀者。

隨即而來那令人眼花撩亂、充滿張力的神魔大戰，以及一個個緊扣的情節，都令人幾乎喘不過氣來！

總之，這實在是一篇精采萬分的小說。

那像是從蝶姐建構的龐大世界中，切取一小角落出來，你見識到這個角落裡所發生，令人動容不已的故事，卻也察覺到那還沒寫出來，或藏在其他小說裡的寬廣世界。

舒祈、得慕、伯安的奶奶、管九娘、胡媚然、小倩、冥主、何爸爸（少數的男性角色），每個人（大多不是人）都還有自己的故事，每個人也都足以代表一篇精采萬分的小說，他們彎下腰，藏起大半身子，在《降臨》裡當起配角，卻掩蓋不了他們的風采以及蝶姐架構的這個世界。

我們會想知道哪吒和湘雲的故事，會想要知道管九娘，會想要知道冥主在那樣的世界裡，會不會再遇上其他居住在各個資料夾的人。於是你拿起滑鼠，打開一個又一個的資料夾，終於陷進蝶姐的小說世界而無可自拔。

（救命啊！我還有工作要做啦！）

icecream風聆　2005/5/20

（推薦序謹依作者之英文字母排序）

楔子

「三太子爺爺，王大媽請問您，這期的明牌是多少？敬請指示。」

「叱，吾乃上天親冊正神，鎮塔天王三兒，中壇三太子元帥，哪吒是也！這等不求生產、懶散怠惰唯求天命賜福，吾神豈肯隨意透露天機？可惱啊可惱～～」

奶聲奶氣的聲音，從緊閉雙眼的少女口中傳出，表情非常生動，宛如少年。

「三太子爺爺，三太子祖公伯……」王大媽在一旁拚命懇求，「我後生被卡車撞到，等錢救命啊！我們這幾個女人家，又能怎麼辦呢？要是這期樂透沒有中……我跟他的媳婦和孫子要怎麼辦哪？我們連住院費都快付

不出來了啊～～」王大媽連連磕頭，「三太子爺，你嘛發發慈悲……」

「命啊，都是命啊！前世不修後世福薄，爲人當修來世福，莫待今生空憾恨啊～～」少女搖頭晃腦，「好啦，莫說我受人間煙火，卻不爲百姓蒼生。若是得過此關，不可盡數入妳私囊，當多多爲善，憐老恤貧，否則必遭天譴……喝！」

少女跳了起來，將手裡的竹筷在桌子上旋了旋，分岔的竹纖維竟然宛如毛筆一般，大筆一揮，在紅燒魚的醬汁裡沾了沾，痛快淋漓地在雪白的桌巾上面龍行虎躍起來，說畫不像畫，說字不像字，倒是挺唬人的。

「微漏天機，只爲助妳解困。」少女將筆一摔，非常大氣地擺了個架式，「仔細參詳，當可無慮。」她朝人群虛點，「若要人不知，除非己莫爲啊！今日你撞斷人一條腿，善惡簿上神明盡知啊！坦白從寬，隱瞞不只加倍，你啊你啊～～」

人群中，「碰」一聲跪下一虎背熊腰的大漢，「三太子爺！我不敢了

我不敢了～～阿平是我撞的，我不是故意的，我不是故意的……」磕頭如搗蒜。

「夭壽骨喔！」王大媽收了桌巾，又哭又罵的，「原來是你喔！你把我阿平害得好慘，你這個膨肚短命的……」

「好了啦，冤冤相報何時了？往事知多少……」少女頗有威嚴的一擺手，「冤家宜解不宜結，當修口德啊。諸事皆畢，吾去也！」她猛然一拍桌子，「退駕～～」

少女身體一軟，她老爸趕緊扶住她。

「啊？」少女恢復正常，眨了眨眼，看到眼前跪了一地的人，連跟她相親的對象都跪在地上，心不禁涼了半截。

「爸，我該不會……」她粉嫩的臉孔蒼白了起來。

她老爸表情沉重地點點頭，「三太子爺剛退駕。」

她微微張著嘴，環顧頗有氣氛的餐廳被香案香爐和亂七八糟跪了一地

的人破壞殆盡……為什麼？為什麼要在這個時候？

她在相親哪！

「死小鬼！你早不來晚不來，為什麼就是在我相親的時候來？夠了沒啊？」她很沒形象地破口大罵，「這樣子我到何年何月才嫁得出去啊？」

「阿茵啊，別這樣對神明不敬……」她爸爸很不安地拉了拉她的衣袖。

「沒要緊啦！」王大媽眉開眼笑，「三太子孩子性，跟仙姑打打鬧鬧慣了。仙姑，累了厚？要不要喝杯茶？」

「仙姑啊，你看我的婚緣什麼時候到？」

「仙姑，我兒子半夜會哭欸，能不能幫他收驚一下？」

「仙姑……」

她看了看縮到角落，臉色發青的相親對象，不禁悲從中來，放聲大哭起來，「我不是仙姑啦，我不要當仙姑，我要嫁人啊～～我不要當仙姑啦

～～」

她，何檀茵，芳齡二十一，是個貌美如花、溫柔嫺靜的少女，最大的心願是有個心愛的人，能夠組織一個甜蜜的小家庭。

但是她的心願因爲「職業」的關係，卻往往會落空。

對，她的職業是「乩童」。

說起來，她也是千百個不願意，當神棍的老爸常常遺憾地說：「豬不肥，肥到狗。」他當神棍才最需要這種才能，偏偏神明選了他抗拒不已的女兒，就是不選他。

枉費他這樣每天虔敬的敬拜神明，結果卻……唉！

女孩子大了都得嫁人，這種才能又有什麼用處呢？壞的是，每每幫她相親，總是起乩做終，每個相親的有爲青年無不逃之夭夭，說他們高攀不

起「仙姑」。

是怎樣？他何必問的女兒有那麼差嗎？不過就是會起乩而已，有什麼好怕的？眞是一群沒種的傢伙。

壞的是，每次相完親，女兒總是一把鼻涕一把眼淚的，看得人好心疼。

「阿茵啊……」他口拙地想安慰她兩句。

「我再也不要當乩童了！」檀茵吼了回去。

何必問搔了搔頭，「女兒，這也由不得妳啊！除非妳結了婚，那時說不定就不會起乩了……」

「這個樣子是怎麼嫁啊？」她又哭了起來，「討厭鬼！不要再附我的身了啦。」

「這是天命，妳要覺得光榮才對……」奶聲奶氣的聲音在她身邊響起，檀茵憤怒地瞪著別人看不到的三太子。

「我不要這種光榮行不行？」她對著空氣揮拳頭，「被你們這群亂七八糟的神一搞，我的人生也亂七八糟了！我都二十一了，看這種樣子，我再十年也嫁不出去……」

愈想愈傷心，她乾脆嚎啕大哭了起來。

「哎唷哎唷，女生怎麼說哭就哭？」三太子不安起來，「好啦，嘜哭啊，實在有夠吵……就跟妳說好了啦！本神保證妳一定嫁得出去，只是那個人還沒來，本神不能隨便把妳嫁給那些阿撒不魯的傢伙啊，畢竟妳也爲神等服務這麼多年……」

「眞的有這個人嗎？」她抽抽噎噎地問。

「有啦有啦！」三太子不敢告訴她，月老喝醉了酒，把她的紅線紀錄弄丟了，只知道有紅線，卻不知道是哪一個，「總有一天的啦！」

「哪一天？到底是哪一天？」她逼問了起來。

妳問我，我是要去問誰？三太子搔了搔頭，「天機不可洩漏啦，到時

候妳就明白了。」

檀茵表情狐疑地看了看三太子。只有她知道，神明其實不是無所不能的，信徒們不知道的是，神明說有多脫線，就有多脫線。

「……最好是這樣。」她擦了擦眼淚，如是道。

第一章

這天是「竹路鎮」做大醮的日子，幾乎嘉南地區附近的人都湧來了。

雖然說，竹路鎮是個小到不能再小的小鎮，火車不經過，公車也只意思意思照三餐來個三班，整個小鎮也才一家迷你診所，鎮公所窮到快發不出薪水，大部分的居民都以農耕維生，甚至路上還有水牛悠閒地散步……

但論做醮辦熱鬧，人人就會想起這個不起眼的鎮。

雖然說，竹路鎮不像鹿港，還有個香火鼎盛的媽祖娘娘，但是竹路鎮上的人卻可以挺起胸膛，非常驕傲地宣稱——要論傳達神意，再也沒有其他鄉鎮像竹路鎮這般，擁有實力雄厚、數量驚人的乩童。

說竹路鎮是南部最大的乩童職訓集散中心也不爲過。

更何況，他們還擁有一個上達天聽，衆神垂愛的「何仙姑」呢！

只是端坐上位的「何仙姑」，卻非常無聊地打了個呵欠。

台下鑼鼓喧天，幾個外鄉外鎮的乩童正在「鬥陣」，她愈看愈無聊，只能支著頤，深深地嘆了一口氣。

天氣這麼好，陽光這樣耀眼，正是郊外踏青的好時候。爲什麼正值青春年少的她，得被拖到這種吵死人的地方，看著一群光著排骨或肥肉，搖頭晃腦走三七步的大小乩童使狼牙棒呢？

今天是中壇元帥哪吒三太子的誕辰，各家乩童無不使出渾身解數，晃得像是發羊癲瘋，聲稱自己已經讓三太子附身了。

她沒好氣地瞥了一眼據案狼吞虎嚥的哪吒。哪來那麼多的三太子？一個就天下大亂了，多來幾個豈不是世界末日？

正港的那隻死小鬼，活像餓了幾千年，正抱著一桶炸雞大吃特吃。

所以說，廣告眞是害死人了。那個笑死人的廣告一出，今年做醮的案

上，家家戶戶都是肯德基。

「吃慢點，噎死能看嗎？」檀茵頭痛地奉上一杯汽水，不耐煩地推到哪吒的手裡。

臉孔漲成豬肝色的哪吒趕緊用汽水沖下噎滿嘴的雞肉，打了個飽嗝，「我是很愛吃炸雞，但是也太多了，難道沒有其他的菜嗎？」他抱怨起來。

檀茵悶不吭聲地扔了顆大白菜給他，完全不想理會哪吒慷慨激昂的長篇大論。

「我又不是牛！爲什麼給我這個？就算要給我，好歹也煮一煮啊！妳這樣藐視本神，吾乃上天親封……」發現檀茵不理他，哪吒無趣地看著台下，吃也吃夠了，他開始喊無聊。

檀茵瞇了眼，「下面那麼多三太子，你要嫌無聊，下去玩就是了。」

「好啊！」哪吒精神一振，「快點，檀茵，我們一起下去玩……」

檀茵慌張地唸起口訣，「別想上我的身！我才不要下去丟臉勒！這麼多乩童，你隨便選一個就是了，幹嘛找我啊？聽到了沒有？我不要喔！」

哪吒喪氣起來，「那些人髒兮兮的，我才不想要哩。」他揮揮手，又拖過一桶炸雞，「那些髒兮兮的傢伙讓我的小弟打發就好了。」

「你混黑社會啊？上身還叫小弟的喔？」檀茵頭痛起來。

「是怎樣？神明不可以有小弟喔？」哪吒瞪大他靈動的大眼睛，「有什麼辦法嘛？你們沒事幹，隔個二十年就要用五雷陣法召喚本神，我哪來那麼多身可以附啊？只好去召些陰兵陰將代勞一下……欸，他們不算是鬼喔，可是我親手招募的小弟哩！」

檀茵翻了翻白眼。其實想想也有點可怕，說起來……可不是鬼上身嗎？

「你看，那個高個子的是牛頭巡守，矮個子的是馬面守將。」哪吒指指點點，「我賭錢賭贏了，才讓他們來做義工的呢！」

「好好好，我知道了……」檀茵敷衍著，頭更痛了。

「我還沒介紹完呢，石頭公也有來喔，他麻將打得好爛，還不出賭債只好……」

信了你們這些散到脫線的神明，百姓眞是倒了八百輩子的大楣。

檀茵正分神和哪吒鬥嘴，突地，呼喝一聲，一個霸氣十足的乩童跳上首席，瞪著檀茵，還全身輕顫。

「大膽！看到本神降臨還端坐首座，妄稱仙姑，有沒有把本神放在眼底？」那乩童捏尖了嗓子，嘩啦啦地翻了整個桌子。

「欸？他沒被附身啊！」哪吒拿著雞腿，愣愣地說。

檀茵嘆了口氣。是啊，這算是「表演賽」吧！這個盛產乩童的小鎮，隱然以「仙姑」爲尊，外鄉外鎮搞不清楚狀況的乩童，偶爾會來砸館。

「別衝動啊……」她低聲勸著，卻不是勸這個表演過頭的乩童。

「孰可忍孰不可忍啊～～」哪吒怒不可遏，「我在罩的神職，是你這

假貨可以隨便翻桌的嗎？」他小小的手拿令旗一拍，原本附身娛樂大衆的那群「小弟」，一起退了駕，洶湧地撲向那個假乩童。

只聽得他慘嚎一聲，翻倒在地，不斷地抓著自己的臉頰、手臂和胸膛，像是有千萬隻蟻螻在鑽一樣。

檀茵頭痛的搔搔臉頰，趁著大家沒注意，一把拔了哪吒的頭髮，混進汽水裡，潑向那個快把自己的臉抓破的假乩童。

「妳幹嘛救他？」吃痛的哪吒撫著頭頂怒叫。

「大家都是出來討生活的。」檀茵無奈地說，「這位先生，好些沒有？」

那個假乩童張大嘴坐在地上，一骨碌翻身磕了好幾個響頭，馬上逃了個無影無蹤。

「果然是仙姑啊，好厲害……」

周遭敬畏的竊竊私語，讓檀茵感到非常無奈。

仙姑？檀茵悲慘地對自己笑了笑。聽起來好威風對吧？誰知道仙姑背後是多少血淚……

她的爸爸名字很妙，叫作「何必問」。生在這個盛產乩童的小鎮，守著一家小小的家廟，講難聽點，是個神棍，跟剛剛逃走的那個假乩童差不多等級。

坦白說，何必問倒是很有心成爲衆神垂愛的大乩童，可惜總是難以如願。生到檀茵也頗感沮喪，女孩子能幹嘛呢？本來若是男孩，他還想把滿身「絕學」傳給兒子呢，說不定哪天，也可以成爲傳達神意、威風凜凜的大乩童……

結果老婆生完檀茵不久就過世了，他呢，捨不得愛妻，就守著這個唯一的女兒過日子。

所謂天有不測風雲，夜半鐘聲到客船……（是這樣嗎？何爸爸，好像有點怪怪的。）

他日夜虔誠地拜，神靈對他不理不睬，只好裝神弄鬼；而他那個敬鬼神而遠之的獨生女，卻在十一歲生日那天，突然被神明附身了。

「豬不肥，肥到狗啊……」何必問常常這樣感慨。

檀茵總是會狠狠地瞪他一眼，然後大哭大鬧，「人家不要啦，我不要當乩童啦！討厭鬼！不要靠近我了啦！」

唉！「女孩子不叫『乩童』，叫『紅姨仔』啦……」何必問也是萬般無奈。

檀茵哭得更大聲，「我管他叫什麼？同學都覺得我是神經病，我不要啦……」

女孩子大了總要有婆家，當了仙姑，是能夠嫁給誰啊？想到亡妻的殷殷囑咐，何必問眞是一個頭兩個大。

檀茵也是滿腹苦水。莫名其妙的，她突然被眾神靈看上，怎麼推卻都推卻不了。別人看不到的眾神明，沒事就在她身邊打架搶著要附身——最後是三太子哪吒勝出，伯伯嬸嬸阿姨三叔公五嬸婆拿她當活神仙，聲聲喊著「仙姑」，同學只覺得她是外星人兼神經病。

想她小小年紀，就學會用「心念」和眾神交談，省得人人側目，實在是一把辛酸淚。

屢次在課堂上起乩，起到校長約談她，最後校長讓關老爺附身的她追得滿校長室亂跑，發抖地躲在桌子底下，「何、何同學，子不語怪力亂神……」

雖然在權充「青龍偃月刀」的拖把威嚇下，沒遭到退學的命運，但是再也沒人敢跟她說話了。

上了國中，她初潮了，據說這樣可以擺脫「乩童」的命運……那眞是見鬼！

這些散到脫線，飽食終日無所用心，唯恐天下不亂的神明，依然熱情無比的隨便附身，弄到輔導室老師天天找她「聊天」，甚至還安排她上台

北照腦波哩！要不是國三的時候，有個看不過去的高人傳了她一套口訣，恐怕她的身體還像是衆神的客廳，隨便誰愛來就來了。

這種情形下，她怎麼念得好書？勉強考到鎮上唯一的商職，還得時時出差當「乩童」。原本以爲，等畢業以後就好了，她計畫到高雄或台北當個沒沒無聞的小會計，有個甜蜜的邂逅，然後組織一個平凡的家庭，生幾個孩子，幸福的當個平凡人……

誰知道，畢業居然是失業的開始。

好幾次的面試，好不容易過關斬將，就快要得到工作，偏偏在面試的時候，好死不死三太子起駕了，還嚴肅地對老闆說：「抬頭三尺有神明，賺錢有數，良心要顧……」把人家官商勾結、利益輸送的事情說得一清二楚，工作，自然是丟了，更慘的是，害她接到好幾個禮拜的恐嚇電話。

恐嚇電話？別理他就是了嘛！偏偏三太子等衆神氣不過，撂了句：「居然欺負我在罩的神職者？找死！」就跑去人家公司大鬧特鬧，裝神弄鬼嚇得老闆魂不附體。

更慘的是，這不是一件兩件，而是接二連三，源源不絕。這只是不幸的開端，之後的應徵更是慘不忍睹，弄到最後，沒有老闆敢請她去上班，倒是捐了不少香火錢給他們家的神壇，三不五時還來請益，家裡老是有戴著勞力士錶的大老闆或是刺龍刺虎的大哥來走動。

天啊，饒了她吧！

「仙姑。」爐主滿臉堆笑，「宴席好了，大家等妳入席呢！」

她不要再當倒楣的仙姑了啦！檀茵氣悶到幾乎哭出來，「我去洗手間一下，大家先吃吧！」

做醮拜拜頗像是民間的嘉年華，鑼鼓喧天，氣氛熱烈，每個人臉上都堆滿笑。

爲什麼只有她覺得很慘？唉，想想總是失敗的相親，看起來，她這輩子大約沒有結婚的希望了……

檀茵洗了把臉，突然悲從中來，險些就開始落淚。

在這片熱鬧中，鞭炮鑼鼓齊響，卻有個人抱著胳臂，融不進這樣的喧譁中。

他叫王伯安，剛到這個小鎮沒幾個月。說起來，他們家算是醫生世家，三代內幾乎都是醫生，也就出了兩個怪胎。一個是他大伯，娶了一個農家女，跑到竹路鎮當了一輩子的小診所醫生；另一個就是他了，連農家女都還沒娶，只是跟大伯父聊了一個下午，就拋下台大醫院的好差事，接下大伯父的診所，而大伯父就退休環遊世界去了。

醫生在小鎮上受到的尊重，僅次於小學老師，鎮長熱心無比地邀請他來吃拜拜，順便推銷一下自己家的三個女兒。

天下父母心，只是婚姻未必是幸福的開始。他個人很能體諒鎮長的苦心，只是三位鎮長小姐一直笑，沒辦法聊天而已；再說，鑼鈸嗩吶的聲音太大了，實在不是聊天的好環境。

分貝數實在太高了，其他人怎麼忍受得了呢？起碼他忍受了兩個小時，覺得已經是極限了。雖然很想跟鎮長告別一下，但是找來找去都找不到人，他也只好很沒禮貌地離開了。這樣的熱鬧，到底有什麼意義？說是慶祝神明的誕辰，但是吃吃喝喝的、吵擾不已的卻是「人」。

神明，眞的喜歡這樣的慶祝方式嗎？

「神者難明啊……」喧鬧中，他輕輕喟嘆了一聲。

「神有什麼難明的？就是一群散到脫線的傢伙而已。」

伯安訝異的回眼一看，一個嬌俏的少女靠在牆上，滿臉愁悶地望著喧譁熱鬧的醮場。

「眞是有趣的觀點。」伯安笑了笑，「晚安。」

「晚安。」少女遲疑了一下，「先生……」

「嗯？」伯安回頭看著這個清麗的少女。

「那是女廁所。」她有幾分尷尬。

伯安已經把門推開了，默默的又把門關上，「……我在找大門。」

少女默默的點頭，「鎮長家的門很難認。」蓋是蓋得夠氣派、夠大了，連廁所都有男女之別，很棒吧？但是能夠把格局搞得跟迷宮一樣，這就不能夠不佩服了。「我帶你出去吧！」她也煩了，「反正我也要走了。」

他們兩個並肩默默的走出去，小鎮到處都塞滿了人，擠得水泄不通。

伯安皺起眉，考慮要怎樣從人牆穿過，回到寧靜的診所。他睡覺的時間快到了，太晚睡有違他的習慣。

檀茵看了看他，「先生，你找不到自己的車嗎？」

車？「不，我沒開車來，我住在鎮公所旁邊的診所。」

檀茵恍然大悟，「哦，你是剛來診所的醫生。」面生得緊，她還以爲是外地人勒。

「是，我姓王，王伯安。小姐貴姓？」

「我姓何。」檀茵心情不太好，沒什麼聊天的興致，「往這兒走，那邊的路被人家拿來辦流水席了。」

她領著伯安穿過小巷，整個小鎮鬧哄哄的，有人喝醉了在吵架，也有人乾脆蹲在路邊「抓起兔子」了。

「喝成這樣，有什麼樂趣呢？」伯安皺眉。

「這是個很小的鎮，能做的事情並不多。」檀茵聳了聳肩，「難得有可以放鬆的時候，快樂一下也不爲過吧？我們看起來覺得何苦來哉，或許他們樂在其中，我們又不是他們，又怎麼知道他們的快樂呢？」

她漫不經心的回答，卻讓伯安眼一亮。「妳的觀點，眞的很有趣。」

這有啥有趣的？她傳達神意已久，潛移默化中，眼界自然寬容許多，向來都覺得這是很自然的，從沒想過有什麼不一樣。

「診所到了。」她指了指前方，「晚安。」

這本來是件小到不能再小的事情，檀茵幾乎是馬上就忘了。

但她老爸居然氣沖沖的跑進屋，道：「什麼話？爲什麼我家阿茵不能當先生娘？阿茵啊，妳千萬不能認輸喔！」

正在啃仙貝看漫畫的檀茵呆了呆，「啊？」

「啊什麼啊？阿茵啊，妳也眞是的，妳管鎭長家那三個母夜叉說怎樣？哼，鎭長千金好大嗎？看看我們阿茵，說人才有人才，說賢慧鎭上哪個女孩比得過？實在是……」

檀茵把滿口的仙貝吞下去，「老爸，你在說什麼啊？」比天書還難懂哩。

「我問妳，妳是不是認識那個剛來的王醫生？」

什麼王醫生？檀茵想了半天才想起來，「是見過一次。」

見過一次？何必問簡直氣呆了。女孩子大了，什麼事情都想瞞著老爸

啦！穿過大半個鎮偷偷約會，好多人都看到了，連鎮長家的三個小姐都到處說她不要臉了，還說什麼見過一次而已！

算了，女孩子就是愛ㄍㄧㄥ，就讓她ㄍㄧㄥ吧！

「好啦好啦，女孩子大了啊，翅膀硬了……」何必問牢騷個不停，「我已經跟李嬸說好了，她『腰痛』，不能幫王醫生煮飯了，妳明天去幫幫王醫生吧！」

爲什麼李嬸腰痛是爸爸跟她說的？難道她不知道自己腰痛嗎？「老爸，我聽不太懂欸！」

「啊喔，怎麼這麼笨啊！」何必問快氣歪了，「總之就是近水什麼台得那個月亮啦！別問了別問了，明天妳去幫王醫生煮飯就對了啦！」

檀茵看著氣急敗壞的老爸，還是有點丈二金剛摸不著頭腦。

老爸的意思是不是叫她去打工？嘖，早說咩。「好啦，我懂了。明天我就去，行嗎？我先把神眉看完……」

「都要嫁人了，還看什麼漫畫……」何必問嘟嘟噥噥地走了出去。

嫁人？「我是可以嫁給誰啊？」檀茵沮喪地嘆口氣，正在跟她搶仙貝吃的三太子滿臉壞笑，讓人看了很不爽。

「笑什麼笑？牙齒白啊？」檀茵瞪了他一眼。

「欸，笑也不給人笑，有沒有天理啊？」哪吒叫屈起來，「我勸妳最好別對我太兇，不然我就不告訴妳爲什麼你老爸這麼緊張。」

他得到的回答是一記純熟無比的「穿顱手」。

「跟你說過多少次了，別再搶我的仙貝！」檀茵對著他揮拳，繼續看她的漫畫。

哪吒生氣了，悶頭喝茶，賭氣不告訴她了。

所以，檀茵不知道，關於她和醫生的流言，已經以酵母菌增加的速度，火速地在小鎮上熱賣中。

只能說，一切都是天意，天意啊～～

第二章

今天小鎮上的人都怪怪的。

因爲竹路鎮實在太小了，隨便碰到的人都是認識的，光打招呼就可以笑到嘴痠，但是今天的氣氛實在有點不一樣。

各位叔叔伯伯大姨媽三嬸婆除了打招呼，還熱情無比地塞了一堆菜給她，一直幫她加油打氣……也就只是打個工而已，需要加什麼油啊？

「他們在搞什麼啊？」檀茵狐疑地轉頭看著哪吒。

「不告訴妳～～」哪吒幸災樂禍地接話。

檀茵瞇了瞇眼，很順手的賞了他一記「朝天指」，彈得他滿地亂跳，

「吼～～妳到底有沒有把本神當個神明尊敬啊？」

「沒有。」檀茵回答得很乾脆，「受不了是吧？受不了就趕緊回天庭找孫猴子麻煩吧，別纏著我！」

「我才不要！」哪吒死命地抱住她的胳臂，「人家喜歡檀茵啦～～我不要離開妳～～」

她一點都不想被喜歡。

聽說只要破除了「處女」這個尷尬的身分，神明就不會附身了，她也想過這個下策。

可，到底她還是有所堅持的。雖然二十一世紀了，男女關係變得很速食，但她的觀念還是跟阿嬤沒什麼兩樣，所以也得等到結婚以後。

問題就在這裡。身爲「仙姑」，尋常男人不敢來約，就算相親，又讓那些不識相的神明搗蛋……看起來，她和衆神的孽緣似乎無窮無盡。

「你一定要吊在我手上嗎？」檀茵很無奈，「嫌這些菜不夠重啊？嘖，吃東西的樣子也不好看點，瞧瞧你，臉上還帶著便當，受不了！好歹你也拿出點神格來吧，眞是……」抱怨歸抱怨，她還是掏出手帕，替哪吒把臉上的飯粒抹掉。

哪吒眨了眨眼睛，不但不放手，反而把她的胳臂抱得更緊了些。

要知道，他雖然有大神力，卻很小就失去家庭的溫暖，小小年紀就「割肉還母，剔骨還父」；說叛逆，是非常叛逆了，他的父親還靠了玲瓏寶塔才鎭得住他。

但是再叛逆的小孩，還是希冀溫情的，只是埋藏在大神通之下，沒人發現而已。他會對這個人間少女莫名的依戀，也是因爲這個少女從來不怕他、躲他，反而跟他打打鬧鬧，又關心照顧的緣故。

「還滿臉的灰！眞不知道你是到哪裡野去了。」檀茵順便把他的臉抹乾淨，「漂漂亮亮的不好？老是弄得像小豬一樣……」

「檀茵，我衣服舊了，幫我裁衣服……」只要抓到機會，他是不會放棄撒嬌的。

「好啦好啦，知道了。」檀茵嘆了口氣，「你乖一點好不好？靠這麼緊，我怎麼走路啊？」

短短一小段路，走得眞是累人。

她抹了抹汗，抬頭看看老診所。這老診所眞是破到要倒了，以前的老醫生不修邊幅，先生娘個性也馬虎，就放著這個本來頗氣派的二樓洋房愈來愈破落。

進了老診所，冷冷的磨石子地板顯得陰森，不要說病人了，連醫生都沒有。

鄉下人生病不愛找醫生——雖然說老醫生的醫術也不太可靠，但是鎭上的人若病了，通常會先到她家的神壇問問有沒有妨礙。

若是感冒之類的小病，實在也沒什麼特效藥，好好休息多喝開水就是了；若是比感冒嚴重些的病症，直接送嘉義市的大醫院也保險些。

說起來，老診所生意清淡跟自己好像也脫不了關係。

「要看病？」

探頭探腦的檀茵被嚇得跳了起來，回頭一看，原來王伯安無聲無息的從她背後出現，把她嚇個半死。

昨天晚上不該看《魔力小馬》的，此刻的王醫生和漫畫裡的吸血鬼醫生重疊在一起，實在滿驚悚的。

「哈哈～～」檀茵乾笑，「李嬸傷了腰，我是來打工的。」

「是嗎？」伯安若有所思地看著她，「小姐，妳有些面善……何小姐？」

「對啊，哈哈～～」她尷尬地躲到廚房，趕緊攤開李嬸寫給她的紙條，看要做哪些事。

前提是，若她看得懂紙條寫啥的話。是怎樣可以寫出這樣天書般的工作流程啊？

不過，她倒是很快就上手了。就是煮煮飯、打掃打掃，她母親早逝，

家事早就得心應手啦，而且王醫生的生活習慣很好，她幾乎不用費什麼心。

等她做好了飯，王醫生還在看書。

「呃……王醫生，飯做好了。」她探頭到書房，「若是沒其他的事情，我先回去了。晚餐我再來吧！」

伯安從書頁裡抬頭，眼中尚有迷離的滿足，「啊？眞謝謝妳，辛苦了。」

她不知道男人專注的時候，可以這樣好看。只見他一綹頭髮垂在額際，眼神迷離而溫柔，是那樣的樂在其中，和煦的笑容柔和了原本有些嚴肅的臉，顯得可親多了。

他眞的很愛看書呢！

「要一起吃飯嗎？何小姐。」他小心翼翼的把書放下，像是對待心愛的女人一般。

「我怕我爸餓死。」檀茵笑了笑，「晚上見了，醫生。」

她走出大門的時候，剛好跟鎮長家的三個女兒擦肩而過。那三個衣著入時的千金對她怒目而視，非常厭惡的撇嘴，粗魯的擠過她，一進診所就誇張的叫：「哎唷，醫生，你怎麼吃得這麼差？這種豬食倒掉了啦，我們燉了蹄膀呢！嘻嘻，一起吃飯好了……」

她們是怎麼了？檀茵真的覺得莫名其妙。

大概是檀茵的菜讓醫生很欣賞，也不知道爲什麼，李嬸的腰就是好不起來，檀茵在醫生家的工，就這樣一天天打下來了。

當當管家也就罷了，醫生還客氣的拜託她來當掛號小姐，奇怪的是，老爸居然不反對，反而大力促成。

也不是一年三百六十五天熱鬧大拜拜的，平常的時候，檀茵在家閒著

也是閒著，就這樣莫名其妙的，得到了工作。

當然啦，有工作比較快樂，她現在也是上班族啦！只是塡履歷表的時候比較尷尬。醫生看到她的名字，覺得很稀奇的問：「妳叫檀茵嗎？我還以爲妳叫何仙姑呢！我還在想，這名字實在很古典。」

檀茵有些哭笑不得。自從醫生來了以後，老診所的人多了起來，看到當然要打招呼，天天都有人衝著她喊「仙姑」。

「呃……只是綽號，對，只是綽號而已！」她緊張極了，怕讓醫生知道，工作就沒了。

跟她到診所玩的哪吒翻了翻白眼，卻很識相的不戳破她。

「很可愛的綽號啊！」伯安笑了笑，「可見妳跟小鎮的人感情都很好。聽說妳家裡開神壇？」

「對啊，哈哈～～從小幫忙到大，大家都是叫著玩的。」檀茵手底沁著一把汗。

「很有趣的現象，不是嗎？」伯安饒有興味地看著她，「妳不認爲『起乩』這個現象很特別嗎？其實，許多民族也有類似的情形，有時藉助藥物，有時借助酒，使人進入恍惚的狀態，產生幻聽幻視，認爲這樣就是神靈降臨。」

「哈哈哈，對啊！」正常人應該是這樣想才對吧？

「所以有醫學報告指出，乩童、神媒這類職業的人，通常有輕微的精神分裂。只是我很訝異這個小鎮這樣的人如此之多，居然日常生活沒有妨礙，這點就很有意思了。」

她……可沒有精神分裂喔。檀茵覺得有點不愉快，「醫生，你從台北來這裡，就是爲了想研究這種現象？」拜託，不要看不到就認爲不存在好不好？他們並不是顯微鏡下的白老鼠！

「不是的。」伯安沉吟了一會兒，「其實我是個沒用的醫生。」他溫和地苦笑，「要在醫學體系內走學術路線，我不會鑽營；要走臨床，我硬

不起心腸選擇病人，而且我主攻家醫，真的是走不出一條路……或許這個小鎮適合我這種沒用的人吧！」

「這樣怎麼叫作沒用呢？」檀茵不悅了起來，「自己都覺得自己沒用，那就真的廢了！只要知道自己適合什麼，不適合什麼，做自己最該做的事情，這樣就是最有用的了！難道你看不起種田的伯伯嗎？沒人種田，哪來的米飯吃啊？任何一個人都是有用的！我們這個小鎮，也是非常有用的小鎮，可不是給沒用的人逃避用的！」

伯安呆掉了，他沒想到這個小管家居然這樣有想法，讓他有耳目一新的感覺。她，可不是個只會煮飯燒菜掛號的小女孩呢！

「說得是，我該反省。」他笑了起來，宛如陽光般燦爛，「受教了。」

檀茵的臉孔都燒了起來。啊勒，醫生念的書比她看的漫畫還多，她幹嘛隨便教訓人家？唉，當神職當太久，就是有這種壞處，老是愛教訓人。

「那個我……我……」她結巴起來，「我不是……哎唷！」

「沒關係，妳說得很好。」醫生溫柔的摸摸她的頭，「眞的很高興認識妳。」

她又不是小孩，摸她的頭幹嘛？身高只有一五六公分的檀茵有些氣餒。

不過，被摸頭的感覺實在還滿不錯的。

兩個人默默相視了片刻，剛好有病人來了，檀茵趕緊跑去掛號處，省得臉孔熱到可以煎蛋。

伯安含笑地看著她的背影，又看了看她的履歷表……什麼?! 她二十一歲了？

他有些尷尬地搔搔臉頰。眞要命，看她粉嫩的臉蛋，還以爲高中剛畢業而已呢！不過，她還眞是可愛……

要問她上班的感想嗎？

其實上班比當乩童快樂多了。被附身並不是很好受的，整個心都被掏空，知道自己在說話、在動作，但是一切如在夢中，模模糊糊；等清醒過來，一大群人跪在眼前，叫仙姑的叫仙姑，眼神裡雖然有崇敬，卻有更多的恐懼。

但是上班就不是這樣了。只要好好的認真工作，大家都當妳是平常人，每個月都可以領到一個薪水袋，上面還有醫生蒼勁有力的漂亮字跡，眞讓人樂得想飛。

雖然她從來不缺錢用，但是自力更生的感覺讓她快樂得很。

若是將來老爸不開神壇了，她這點微薄的工作，大概還可以自己養活自己吧！她已經對結婚這件事情徹底絕望了。

正因爲樂在工作，所以，鎭長三千金沒事就來找碴這種小麻煩，她也就不太介懷了。

只是這三個寶貝不知道是怎樣，天天都來亂，老是捧一些膩到翻胃的菜來診所，批評她色香味營養兼具的美食「沒營養」……天天蹄膀就很有營養嗎？這些小姐穿在時代尖端，營養觀念卻還留在古老的年代裡。

醫生都笑笑的收下來，然後分送給鄰居，自己是不吃的；她們這樣沒事就來串門子，他也都好脾氣的招呼。

眞的很難得看到這樣斯文有禮的男人了。

不過這天，醫生卻第一次發火了。

「妳們夠了沒有？」

圍著檀茵嘲笑她穿著不入時的三千金愣住，連檀茵都愣住了，可能，連醫生都一起愣住，因爲他好一會兒什麼話都說不出來。

鎭長家的大女兒先哭了出來，「醫生！你果然愛這個紅姨仔，她有什

麼好的？裝神弄鬼，哄得大家都叫她仙姑，我是哪點比不上她啦？爲什麼你愛她不愛我？爸爸跟你提親你都不肯……」

「她不好啦！」鎮長的二女兒也跟著哭，「她是神經病，鎮上每個人都知道啊，你不要被她騙了！」

「她只是想當先生娘啦，之前相親都失敗，所以才巴著醫生不放，我比她漂亮多了欸……」鎮長家的三女兒也跟著哭喊。

伯安先是呆掉了好一會兒，才漸漸的清醒過來，轉頭看檀茵，發現她粉嫩的小臉通紅，眼眶含淚，不知道爲什麼，比那三個哇哇大哭的漂亮時髦女生還讓他心疼。

這……是喜歡嗎？

「妳們回去吧！」伯安下了逐客令，「我這裡是診所，沒事不要跑來。」

他習慣性的按了按檀茵的肩膀，心裡卻不知道是什麼滋味。

「我不是……我沒有……」檀茵微弱的抗議，眼淚撲簌簌的掉下來。

「我知道。」伯安安慰的摸摸她的頭，發現她這麼小、這麼惹人憐，「我先想一想。」

想什麼？檀茵擦了擦眼淚，狐疑地看看他。

懶洋洋地在旁邊吃梅子糖的哪吒翻了翻白眼。這兩個實在有夠呆，不過，這個醫生一臉正氣，倒還不算討厭了。

或許他該去月老那兒一趟了。

平靜得讓人打瞌睡的小鎮，鎮長三美在診所演的那場轟轟烈烈的奪愛戲，馬上激起小鎮無限八卦熱情。

不到五分鐘，幾乎全鎮的人都知道了，而且以誇張的N次方速度不斷增加戲碼，其中甚至包括了「醫生一記排雲掌，推開了三美，回手護住垂

淚的仙姑」這樣武俠兼具台灣龍捲風的情節。

哭著睡了一覺的檀茵醒來，發現整個世界面目全非，實在受到不小的驚嚇。

「我沒有跟醫生談戀愛啊！」她大叫。

可惜熱情過頭的鄉親沒人相信她的話，連老爸都不相信。

「反正妳又不討厭他。」哪吒閒閒的吃著仙貝，他已經去月老那兒打探回來了，正樂得看戲。

「這又不是討不討厭的問題！」她快瘋了，「被傳成這樣，我有臉去上班嗎？討厭鬼！我就知道你們不讓我過好日子！」檀茵這次真的忍受不了了，「我要離家出走！我要離開這個鬼地方！」

不知道是第幾次離家出走了，還不是走到公車站牌就哭著回來。哪吒瞇眼看著她，「妳爸爸真可憐，老婆死了，連唯一的女兒都要離家出走……」

檀茵愣了一下子，馬上趴在床上大哭特哭，「我不要去上班啦！羞死人了……討厭討厭討厭啦！」

「唉，我不能洩漏天機啦。」哪吒搔搔腦袋，「反正妳相信本神，過了幾天自有轉機。」

檀茵的回答是一個準確砸上哪吒臉孔的枕頭。

女生眞是一種莫名其妙的生物。

說不去上班，檀茵眞的在家裡躲足了一個禮拜。

不否認，她還對醫生滿有好感的，但是也僅止於好感而已啊！叫她跟鎮長家的三個寶貝蛋一樣大剌剌的求愛……她臉皮薄，實在做不到。

眞的好討厭啊！

誰知道她不出門，醫生倒是上門來了。

正在吃仙貝的檀茵呆掉，看著笑笑的伯安站在面前，該死的老爸居然藉口要去下棋，把他的獨生女丟在家裡，和一個男人單獨相處！

她對醫生有絕對的信心，但是對流言很沒有信心啊！

「怎麼沒來上班呢？」伯安和氣的問她，眼眶底下有些黑影，像是沒睡好。

「我我我……」檀茵跳起來，趕緊把窗簾一拉，順便把大門關上。「醫生，你怎麼跑來我家？會被傳得更難聽啦！你趕快回去……」

「我不介意，妳介意嗎？」伯安還是一副溫呑呑的樣子，他轉頭張望，「原來神壇是長這個樣子啊。」

「我、我當然很介意啦！」檀茵漲紅了臉，「本來就沒有的事情，爲什麼要被傳成這樣？我沒有非分之想，不是她們說的那樣……」

她的心有些疼痛。就是什麼都沒有，所以才更需要自尊，就算她這輩子都嫁不出去，也不要別人這樣硬推銷，這太傷害她的自尊心了。

「但是我有呢！」伯安沉默了一會兒，「雖然我花了好幾天才想清楚。妳不在身邊，我很不習慣。」

啥？檀茵瞪大眼睛，像是醫生頭上長了三支角出來。

「檀茵，妳要不要考慮一下，跟我以結婚為前提交往看看？」伯安推了推金邊眼鏡，神情雖然依舊泰然自若，俊臉上卻隱約可見微紅。

她的嘴成了個可愛的O型，心念一轉，「說！臭小鬼，是不是你跑去跟醫生下蠱了？」她在心裡開始罵哪吒。

「這個事情跟我是沒有關係的。」哪吒叼著仙貝，「不過……接下來的事情跟我就有關係了。」

檀茵只覺得膝蓋莫名的一軟，還搞不清楚發生了什麼事情，已經往地板倒了下去，伯安趕緊伸手接住她，卻被檀茵撲倒，很「神準」地接了吻。

她驚駭地撐起手，愣愣地看著被她壓在身下的伯安，「這是我的初吻

欸……」

「我很榮幸……不對不對，我是說，對不起。」還是第一次讓女生壓在地上，角色似乎有些顛倒，「我會負責的……不是不是，我是說，妳願意考慮看看嗎？」

她還在發愣，看不下去的哪吒火速上她身，奶聲奶氣地說：「本神……咳，我是說，好呀！」

等檀茵清醒的時候，一切都成了定局。

天啊，她還要被這些多管閒事的神明玩到什麼時候？不要啊～～

第三章

爲什麼會變成這樣呢？

檀茵覺得有些頭昏腦脹。她很莫名其妙的有了個帥哥醫生男友，也很莫名其妙的談起戀愛了。

而且是以結婚爲前提的戀愛喲！

她實在不知道自己是哪點吸引了醫生，醫生爲啥會看上她這個既無家世，也沒有家產的高職畢業生啊？雖然她掐著哪吒的脖子逼問了一夜，但是都沒有滿意的答覆。

被掐得哇哇叫的哪吒叫苦連天，「拜託，相親失敗妳又哭又叫，有了結婚的希望妳也又打又鬧，妳到底想怎樣嘛？不是我啦，我沒那麼神通廣

大，若是妳眞不喜歡他，要趕走他我是滿有辦法的……」

「你敢！」檀茵氣急敗壞，「你敢的話，我永遠不理你啦！」

「吃這個也癢吃那個也癢，妳到底想怎樣啦？」哪吒突然滿想撥兒福專線的，這根本是家暴啊！

「我……」檀茵讓他堵得說不出話來，突然覺得很頹喪，「有你們隨便搗蛋，遲早要分手的，那還不如……」

哪吒躺在地上翻白眼，「檀茵，妳搞清楚，妳是神職欸。我們衆神受百姓香火，原本就是要替百姓謀福祉的。自古以來，雖然人神兩隔，卻都有巫女替我們服務，現在好啦，時代進步，巫女全沒啦！好日子的時候沒人想到我們，一臨災厄百姓只會抱怨衆神無明。當眞是有事鍾無艷，無事夏迎春。

「但我們受百姓香火，能不管事嗎？說不管，自然也成，就跟那些修煉到沒人性的上神一樣，誰說不行？也就我們這群人性多一點，愛管閒事些，聽不得百姓哀苦的，還能透過妳理上一理。人神殊途，千百萬人中也沒有個巫女體質的可以跟我們溝通，好不容易出了個妳。

「真要阻妳婚姻，於天理不容，我們也不敢有違，只是事有輕重緩急。妳想想被阻了幾次相親，是不是活了多人性命，少了許多災厄？妳有妳的不得已，我們也有我們的不得已啊！」

檀茵被堵得說不出話來，只是低下頭。上次相親起乩，哪吒冒著洩漏天機的危險，報了明牌，眞解了王大媽一家的困境，還逮到了肇事者。說救，眞是救了一家的性命。

前幾次的相親，不是起乩警告火災，就是救了掉到水塔裡的小孩，這些神明或許散到脫線，閒到啥事都愛管，但的確是一片熱心腸——雖然不大識時務。

能怨嗎？該怨嗎？

「我不是這種救國救民的料啦！」她「哇」的一聲哭起來了，「我只

是個鄉下女孩啊！」

「眞要救國救民那種，我們才不敢要哩。」哪吒嘀咕著，「人家的好心腸，都讓他拿去殺生玩戰爭了，救國救民就是野心，有野心的人是很可怕的啊……」他感慨萬千。

他一直不太懂得人類是怎麼回事。幾次遇到能溝通的巫人，最後總是弄得戰火連天，一片好心成了人間災厄，好不容易遇到全無野心的純潔少女，怎麼不讓他們欣喜若狂啊？只是久不居人間，是有點搞不清楚狀況罷了。

「好啦，別哭了，很煩ㄋㄟ……」哪吒發牢騷，「這個人看起來福緣深厚，得此良緣，本神也很欣慰啊，一定會力促此事……」

「不不不！」檀茵忘了哭，立刻回絕哪吒，「不用不用！我自己來就可以了，只要你們別天天吵著要附身，戀愛這種小事不勞你們費心……」

「這個人可以厚？」哪吒悠閒地拿起仙貝。

「可以可以，再好也不過了。」檀茵拚命點頭。

「還嫌不嫌本神多管閒事啊？」他很跩地鼻孔朝天。

「不會不會，一點都不會。」檀茵拚命搖頭。

「嗯哼，肩膀好像有點痠呢……」他誇張地扭了扭胳臂。

檀茵趕緊幫他按摩，「這樣行嗎？三太子大人。」

哇哈哈～～爽！硬忍住打滾的衝動，哪吒的嘴咧得大大的，終於感受到一點當神的威風了。

❧ ❧ ❧

不知道哪吒是使了什麼手段，她的身邊果然淨空了好長一段時間，連哪吒有事回天庭，她仍然清靜無事，無神來擾。

哈哈哈～～她終於擺脫這該死的宿命啦！

仙姑失靈了，對小鎮來說可能是個壞消息，連何必問都有點黯然，對

她本人來說，可是個天大的好消息哪！

原本跟伯安的交往充滿疑慮和不安，現在全沒啦！她從來不知道戀愛是這樣甜蜜愉快的事情。

雖然說，他們在診所裡還是謹守醫生和掛號小姐的關係，甚少私人談話；下了班也只是吃吃消夜，偶爾看場電影，最遠也不過到嘉義市逛書店買書。

對從來沒有戀愛經驗的檀茵來說，這已經是無上的快樂啦！她終於可以跟個平常女孩一樣，上班、戀愛，和心愛的人過著平常的日子……這眞是太美好啦！

不過呢，人無千日好，花無百日紅，漸漸的，就有些出槌的狀況了。

這日，她和伯安在鎮上唯一的電影院剛看完電影，有說有笑的走出來，她突然覺得一陣冷，心頭暗叫不好，神智已經開始模糊了……

「喝！祝融休得猖狂！」她突然拉開一個架式，聲音濃重，伸手一掠無形的美髯，「勿傷無辜人命哪～～」說完，她急如星火的往前直奔。

伯安讓她搞得莫名其妙，「檀茵？檀茵，妳要去哪？檀茵！」他趕緊拉住臉孔漲紅的女友。

急急附身的關老爺正火大地想立馬斬了這個無禮的傢伙，突然想起哪吒的殷殷囑咐，這可讓關老爺爲難了。

退駕麼？眞退駕了，悶燒的這把火恐怕會奪去無辜百姓性命；不退駕等巫女清醒，他對哪吒那小賴皮沒法交代……

關老爺硬著頭皮扯尖嗓子，「官人，前方失火了，危急呀～～」轉手抓住伯安，拖著他往前直跑。

官人？伯安滿頭霧水兼莫名的起了雞皮疙瘩。爲什麼明明是檀茵，他會有種起寒顫的錯覺？

一路跑過了整個鎭，伯安有點吃不消，檀茵卻氣定神閒，喘也不見喘，只見她神勇無比的踹破一戶人家的大門，濃煙馬上冒了出來，他這才

驚覺眞的失火了，正忙著用手機撥一一九，檀因已經衝進去救人了。

「檀茵！」他阻止不及，只好拿起鄰居提來的水往身上一澆，準備進去救他莽撞的女友時，卻見他那身高不到一百六十的嬌小女朋友，左手挾著兩個大人，右手挾著三個小孩，背上還揹著一個老太太，手裡提著一隻狗，氣勢凜凜的從火場衝了出來。

「本駕在此，祝融休得囂張！」她很大氣的將人往地上一放，對著夾著濃煙的火舌一指，很神奇的，張牙舞爪的火舌居然退捲回屋，像是懼怕她一樣。

「本駕？」伯安瞠目結舌地看著派頭很大的女友。

這下完蛋了……附身的關老爺想起哪吒的囑咐，頭皮一陣發麻，他只顧著救人，忘了哪吒的交代，萬一讓那小潑皮知道了，他老關可是要吃不完兜著走了。

「退駕！」三十六計，走爲上策。

檀茵「啊」了一聲，清醒過來。剛剛，該不會是……又讓……這次是關老爺吧？她呆若木雞了片刻，小心翼翼地回頭看伯安。

果然，他一臉古怪，毀了毀了……

「檀茵？」伯安小心翼翼地問：「妳怎麼了？還好吧？」

「啊哈哈～～」她乾笑，「當然，我當然很好啊，啊哈哈～～」

「這麼遠，妳怎麼知道有火災？」太不可思議了。

「哈哈～～因爲我鼻子很靈啊！」她尷尬地繼續乾笑。

「那……妳怎麼能夠一口氣救出這麼多人？」伯安手指輕顫地指著一地的人。

這怎麼解釋？檀茵呆了一會兒，而後義正詞嚴地說：「人命關天，所以一時刺激了腎上腺素，連卡車都抬得起，何況只是幾個人？」

聽起來倒是挺有道理的，但爲什麼他還是覺得有點怪怪的？

檀茵趁他還在思索，趕緊抹抹鼻子上的灰，道：「我們走吧！警察來

了，我很討厭這種場面的……」她一把拖著伯安就走。

這種場面？難道他的小女友常常進入火場救人嗎？看起來，她的腎上腺素真的非常發達。

❧ ❧ ❧

俗話說：「有一就有二，無三不成禮。」

眾神明發現三太子在天庭的事情似乎一時半刻還理不完，關老爺緊急附身也沒出什麼岔子，就漸漸地放大膽子了。

只能說，這些神明真的真的很有愛心，愛心多到滿出來，只是苦於人神殊途，他們實在沒有發揮的餘地，所以，檀茵就大禍臨頭了。

很快的，伯安就發現他小女友的腎上腺素真的非常發達，發達到可以衝到快車道救起差點被砂石車碾過去的幼兒，可以跳進暴漲的溪水中拖起失足落水的釣魚客，直到她現在力拔山河般抬起卡在平交道上的小貨卡，厲聲喝停疾馳中的自強號……伯安才驚覺，「腎上腺素發達」不足以解釋這些不可思議的現象。

「檀茵。」他默默地注視活蹦亂跳、還在身上搔癢的小女友。附身的齊天大聖覺得還沒玩過癮，但是想到那隻比他賴皮千百倍、嗜好是到處告狀的哪吒，不禁頭痛起來，勉強壓抑住搔癢的衝動，裝出尖細的嗓音，「什麼事情？哈尼。」

伯安讓她這聲「哈尼」叫得全身寒毛全數豎立，忍不住輕顫了一下，「檀茵，妳是不是不舒服？手扭傷沒有？我看看……」

這下子換大聖的寒毛全體起立了，他對男人可沒興趣啊！退駕退駕，本尊不玩啦！馬上逃之夭夭。

檀茵輕顫了一下，清醒過來。

老天，她又疏於防範，被附身了！誰不好來，偏偏是那隻猴兒，現在她是要怎麼掩飾過去？

「檀茵，這不是腎上腺素可以解釋了。」伯安回頭看看那台劫後餘生的小貨卡，和無法啓動的自強號，「到底是怎麼回事？請妳告訴我吧！」

「我、我……」這叫她怎麼解釋呢？她好想哭。

「檀茵，看著我。」伯安專注地看著他嬌小的女朋友，「妳不相信我嗎？我們可是以結婚爲前提交往的男女朋友，交往的時日雖然不長，但我已經認定妳了，有什麼困擾不能告訴我嗎？這些事情都太不尋常了。妳這樣失神的狀態有多久了？是什麼原因導致的呢？」

檀茵掙扎了好一會兒，抬頭望著他澄澈的眼。或許，他能夠接受自己特異的體質吧？一直瞞著他，她的心裡也不好受啊！而且看起來，似乎也瞞不下去了。

她嚥了口口水，勇敢地抬頭看著他，道：「伯安，我知道你不太相信這種怪力亂神，但是你一定要相信我。」

「我在聽。」他的眼神溫暖而誠懇。

「我、我的體質很特別。」檀茵沉默了一會兒，又道：「我看得到神明，也常常被神明附身，我……我是乩童。」

「是嗎？」伯安露出鼓勵的笑，「嗯，說詳細一點，慢慢說，不用急。」

檀茵不知道自己到底說了什麼，只是急著把一切都說出來，說得很亂，但是很詳細，等說到沒得說了，她突然鬆了口氣。

呼～～再也不用隱瞞了，雖然她的愛情可能因此完結。

但是，欺瞞得來的愛情算什麼呢？這段時間她實在覺得很悶、很辛苦。

「如果你覺得不能接受……」她的聲音微弱如蚊鳴，「想要……沒關係，我可以接受的。我知道我這輩子大概沒有結婚的可能了，謝謝你這段時間的照顧。」

「檀茵，妳眞是的。」伯安輕聲喝斥她，「怎麼？我們就是這樣的關係而已？有問題當然是要一起去面對，歡笑一起，難道危厄不該一起？不過，我對精神科不夠專精，還是得請精神科的醫生診斷。」

聽他這樣講，她當然很感動，但是但是……「我不是精神病啦！」檀茵急叫，「是眞的！我只是……」

「當然不是精神病。」伯安安撫她，「只是精神上有些感冒而已。妳放心，現在精神醫學已經很發達了，很多症狀是可以靠心理輔導和藥物控制的。檀茵，我依舊愛妳如昔，只是精神上的感冒若是不好好醫治，終究會對未來的生活有影響的，別擔心，我會一直陪著妳，雖然我不會說甜言蜜語，但是……」他溫柔地拉起檀茵的手，「我會用行動證明我的決心。」

行、行動？檀茵的臉孔整個緋紅了。天啊！伯安實在太溫文有禮了，除了第一次的「意外」，他們連牽牽手都很少呢！現在他居然要用「行動」證明他的決心……

她把眼睛緊緊地閉起來。啊啊，好緊張好緊張……雖然這麼緊張，她還是把小嘴嘟了起來。

「所以，明天我們就上台北去吧！」伯安握緊她的手，堅定的往北一

指，「美好的明天正等著我們，讓我們正面挑戰這個精神上的感冒吧！」

這不是他X的感冒啊！就只是起乩，起乩而已啊！

「我、我我我……」檀茵哭笑不得，「我先問過我爸爸再說吧！」

❦　❦　❦

她根本是被老爸丟出家門的。一聽說伯安要帶她去台北，她那個老爸啊，樂得嘴巴快要咧到耳朵了，根本沒聽清楚女兒微弱的說明，馬上就把行李袋丟出來。

「老爸，你不怕我私奔喔？」檀茵眞是欲哭無淚。

「私奔我剛好省嫁妝。」何必問的嘴樂得合不起來，「你都不知道鎭長的臉多精采，哇哈哈～～我的女兒是先生娘呢！」

八字還沒一撇吧，老爸，她男朋友還當她是神經病哪～～

默默的跟著伯安上台北，一路上檀茵的話都很少，伯安倒是將他家的

情形說了一遍。直到現在，她才知道伯安的父母親都已經過世了，台北只剩下寡居的奶奶。

「等我們去過醫院，」伯安溫柔的笑笑，「我就帶妳去見奶奶。」

雖然被當成精神病很不爽，但是伯安的心意卻令人感動。他是醫生欸，長得這麼俊俏，要娶怎樣的小姐沒有？但是他卻一心一意地對待自己，就算她眞的有「精神病」，他還是要帶她回家給奶奶看。

就爲了這份心意，檀茵只輕輕的嘆口氣，卻沒有抗議什麼。

只要沒有多管閒事的神明來鬧，想必醫生也看不出什麼毛病吧？她自我安慰著。

穿過了台大醫院古老典雅的迴廊，他們來到精神科。精神科的主任正是伯安的好友，醫生很熱情的招呼他們，檀茵瞥見醫生的名牌，很客氣地寒暄：「你好，劉醫生。」

「是何小姐吧？請坐請坐。」劉醫生端詳一下伯安寫的病歷表，「伯

安，你先出去一下，我單獨跟何小姐談一談。」

「麻煩你費心了，劉。」伯安擔心地看看檀茵，「我就在外面，不要怕，嗯？」

檀茵回他一個苦笑，點點頭。

「何小姐，叫妳檀茵好嗎？」劉醫生露出職業性的溫和笑容，「據說妳有幻視幻聽的現象？」

「我想，不是幻視幻聽吧！」檀茵無奈地看著一堆神明擠在劉醫生後面伸長脖子看病歷表，還一面憤慨地大發議論，她結著手訣不敢放，就是怕他們撲過來。

拜託，讓她證明她不是精神病患吧！

劉醫生問診了一會兒，覺得有些疑惑。說起來，她若是精神分裂，不可能這樣清醒的回答問題，幫她做了幾個測驗，發現她的個性開朗，也不像是有什麼困擾。

這倒有些難倒他了。

「咦？檀茵，妳的手幹嘛扭成這樣？」他瞥見檀茵的手，問道。嗯，很多精神官能症都有特殊的強迫症狀，這說不定是關鍵。

「這個……」說出來豈不真的成了神經病了嗎？檀茵有些哭笑不得，「沒什麼，只是習慣。」

劉醫生更肯定自己的看法，「檀茵，沒關係的，妳先把手鬆開吧！」

「一定要嗎？」她哭喪著臉。

「要。」劉醫生很肯定，「檀茵，別擔心，我和伯安都會幫妳的。」

這又不是你們想幫就可以幫的。她絕望地看看那群蠢蠢欲動的神明，心裡吶喊：拜託，別讓她真的成了神經病！

「我們在罩的神職，會是神經病嗎？」這群不識時務的神明倒是異口同聲。

她翻了翻白眼，慢慢的把手鬆開。唉，一切都是命哪！

第四章

當檀茵的手印解開的時候，劉醫生認爲，謎底也將解開了。

只見她全身輕顫了一下，原本溫柔可愛的臉龐，突然變得玩世不恭，隨手拿起桌上的病歷表搧啊搧，翹起二郎腿晃啊晃，「嘖，就是欠酒。劉醫生，沒酒沒肉，老和尚沒勁兒啊～～」一面伸手到領子裡抓癢。

劉醫生愣了一下，「檀茵？」這眞是稀奇的病例！他推了推眼鏡，興奮了起來，「妳是檀茵嗎？」

「嘿，劉醫生，你又是誰呢？又憑了什麼你會知道，你是劉文聰呢？」

被附身的檀茵嘿嘿一笑，「好笑啊好笑！老和尚我呢，酒肉腸間過，佛在心頭坐。卻面對一個藉酒澆愁的醫生，酒穿愁成痼疾，我看你是病入膏肓

了；更好笑的是，有病的醫生醫治我這沒病的病人，你說是不是很好笑啊？」

劉醫生驚得手裡的筆都掉了，臉一陣青一陣白。精神科壓力很大，他的婚姻生活又觸礁，下了班，漸漸養成以酒爲伴的習慣，這事誰也不知道，這個明顯精神異常的小女孩卻知道，這這這……

「老和尚勸你一句，萬般執著，終究有死一解，就是看看死前能走到哪兒去罷了。誰不往死裡奔？誰又能面面俱到？緣分盡時多求無益，放下才能海闊天空，昨日種種猶如昨日死，好壞皆赴水流東。嘻嘻，你這麼一個明白人，怎麼走糊塗路？醉鄉路直通地獄門，這還要老和尚說嗎？」

「妳到底是誰？」劉醫生嚇傻了。讓被附身的檀茵這一教訓，只覺得腦門像是挨了一記重擊，突然從醉生夢死的迷霧中清醒過來。

「老和尚乃濟顚是也！」檀茵搖著病歷表，很沒樣子的抖腳搔癢，「見你執迷不悟，特地藉巫女之身點化你！你眼前這個巫女，可是蒙上天垂

愛，替眾神傳達神意，可不是什麼神經病呀……」

濟顛還沒過足癮呢，暴躁的關老爺一把將他推了出去，也不管檀茵的抗議，直接附身了。

「叱！無知刁民，竟無故刁難本神的巫女，該當何罪？」檀茵杏眼圓睜，一手撫著長不出來的美髯，「若再胡亂污衊，且看本神青龍偃月刀的厲害！可惱啊可惱……」她一把拖起旁邊的點滴架，舞得虎虎生風，還眞有那麼點樣子。

在一旁的媽祖看不過去了。她今日來訪友，順便來看熱鬧，這群脫線的傢伙眞是搞不清楚狀況。她將老關趕了出去，「吾乃天上聖母媽祖娘娘。劉醫生，您飽讀詩書，可問您，所謂『心思』，可在心臟？所謂『思想』，可在腦髓？」

劉醫生呆了片刻，「眼下的醫學尙不能證實。」

「當今醫學最壞，誤以爲切切割割自有眞理。需知肉體如塵，凡生如

夢，眞理不在手術刀下，眼睛不能觀者未必爲虛，觀而能得未必爲實。巫女起乩爲吾等傳達神意，雖手術刀不能解釋，亦不可隨意否定，怎可隨意認定巫女必有精神上之病狀？粗疏輕慢，醫者不可枉誤啊！」

劉醫生張著嘴，看著檀茵忽男忽女，口音忽蒼老忽稚嫩，眼珠子快掉出來了。

被附身到頭昏腦脹的檀茵大叫一聲，祭起禁訣：「上帝有敕，速起青雷，准此符命，不得徘徊，速去！急急如大木郎起雷律令！」火速的結起手訣，將附身的神靈一起推了出去，撞得那群鬧過頭的神明們鼻青臉腫。

劉醫生揉了揉眼睛。慘了！他大概酒精中毒了，剛剛居然出現幻覺，看到檀茵身上冒出縷縷青光。

他用力眨眨眼，只見檀茵滿臉愁容地看著他，「醫生，我、我不是神經病，我只是會起乩而已啊！」她眞的欲哭無淚。

寧了寧神，劉醫生心裡大呼大開眼界。這大概是台灣第一個特殊病例

啦！

「我明白的，檀茵。」劉醫生撿起病歷表，扶起點滴架，「眞的是……太特別了！我先跟王討論一下，妳先休息休息。」

劉醫生興奮地跑出診療室，伯安緊張地站起來，「怎麼樣？檀茵精神分裂的情形嚴不嚴重？需要吃藥嗎？」

「不不不，她怎麼會是精神分裂？」劉醫生嘖嘖稱奇，「太神奇了，太不可思議了！這大約是長久受到宗教薰陶，加上童年時受到喪母打擊，精神受到嚴重創傷後自療產生的奇蹟！她不是精神分裂，而是……」劉醫生深深吸了一口氣，「她是多重人格者！」

「啊？」伯安的臉孔邊下無數黑線，「你是說，像是二十四個比利那樣？但是但是……」他急急地說：「她和多重人格的文獻資料裡說的有很大的不同。」

「沒錯！這才稀奇啊！」劉醫生興奮得直搓手，「她不但是多重人格

者，而且還有超能力！能夠知道過去未來，甚至出口成章，句句珠璣，非常發人省思！天啊，為什麼讓我遇到這麼棒的病人？若是以後遇不到了，我該怎麼辦啊啊啊啊～～」

伯安瞇眼看看這個興奮過頭的好友，表情沉重地拍拍他的肩膀，「我知道當精神科醫生壓力很重，我也知道你最近不太好過。老朋友，聽我的勸，醫生也需要看醫生的，你若覺得在台大找同僚看病丟臉，我也認識幾個國泰的精神科醫生……」

「喂，你到底有沒有聽懂我說什麼啊？」劉醫生氣急敗壞地嚷。

「有有有。」伯安隨口敷衍，他還是找其他醫生好了。「檀茵，我們先回家吧！」

「欸，你也跟我約下次會診的時間！」劉醫生搓著手，滿臉討好的笑，「檀茵，明天如何？我幫妳掛號……」

「不用了。」伯安語重心長地拍拍老朋友，「你先去看你的精神官能症吧！你眞的壓力太大了。」

「欸欸！王伯安，你很侮辱我的專業喔！欸，你不會要我放棄這樣的機會吧？檀茵，妳好歹也留個電話給我！多重人格是可以整合的啊，總是要給我時間試試看咩，王伯安，你也說句話啊～～」

伯安朝後面擺了擺手，無言地將檀茵帶走了；檀茵也只能無奈的對著劉醫生聳聳肩，足不點地的讓伯安拖走了。

比起檀茵，劉醫生還比較像神經病吧？伯安有些無奈的想。眞虧他掰得出來，多重人格？超能力者？他該不會是想拿諾貝爾醫學獎想到起狷了吧？跟他比起來，檀茵眞是正常多了。

「沒關係，我還認識很多精神科醫生。」伯安安慰檀茵，「明天我們再去找……」

「伯安，我眞的很正常啦！」檀茵哭笑不得，「你要相信我，只不過是起乩啊！台灣有多少乩童啊，你去看一看，竹路鎭還特別多咧！」好吧，雖然「表演賽」居多，更多的是陰間來的「小弟」，但也不能說完全沒有啊，「你不相信沒關係，但我眞的沒怎樣。」

「不要緊，妳不要害怕，」他溫柔的安撫，「我不會因爲這樣就放棄妳的。就算妳的心破裂了，還是我的寶庫，就算妳病到不認得我，還是我最愛的人……」

聽起來很讓人感動，對吧？可是，問題不在這裡啊，親愛的。

她灰頭土臉的讓伯安拖到他奶奶家，只見一個慈眉善目的老人家定睛看了看她，又瞥了瞥後面跟著的一大群不請自來的神明。

「當眞是蓬蓽生輝了。」奶奶掩著嘴笑，「伯安，這位是……」

「這位是我的女朋友，何檀茵。」伯安將樓下買的花遞給他奶奶，「奶奶，妳愈來愈年輕漂亮了。」

「你這孩子，戀愛了，嘴巴愈發甜了。正好我要喝下午茶，大家一起來吧。」奶奶笑咪咪地拉著檀茵的手，眼中有種了然的清光。

檀茵先是怔了一下，見奶奶合掌默念恭奉茶點，衆神像是來到自己家一樣，毫不客氣地坐下喝茶，她瞠目，「奶奶，妳……」

風韻猶存的奶奶微閉一隻眼睛，將食指放在唇間，「咱們一見如故，是吧？把這兒當自己的家，千萬不要客氣。」

喝完了茶，伯安急著連絡其他精神科醫生，奶奶將檀茵留下，「去去去，難得回來台北，你也去找朋友鬆散鬆散，老纏著女朋友幹嘛？還怕沒有黏在一起的時候嗎？留著檀茵跟我聊天，愛幹什麼就去幹什麼吧！」她和氣的詢問檀茵：「對吧？咱們也有女人的話要聊呢。」

檀茵憋了滿肚子的疑問，趕忙點頭，「是啊是啊，我有很多話想跟奶奶聊。」

向來不愛交際的奶奶居然跟檀茵這麼契合，伯安也感到很高興，「可

別把我小時候的糗事都說了，奶奶，橫豎給我留點面子。」

等伯安關上大門，檀茵瞠目地看著奶奶，「那個……奶奶……」

「這是連伯安的爺爺都不知道的祕密呢！」她溫柔的一笑，「沒錯，婚前我也曾是傳達神意的巫女，只是，年紀大了，只略有感應而已，沒辦法像年輕的時候看得那麼清楚哪！」

孫大聖認出了這個頗為親切的老太太，很熱情地撲上去，「啊呀，這不是小茜兒嗎？真的好懷念啊~~」

只見奶奶熟練地結起手印，輕呼了一聲「叱！」，阻住了大聖的來勢，仍然美麗的眼眸從老花眼鏡看出來，唇角噙了一抹耐人尋味的笑，「大聖爺，小的也為你服務多年了，老來享點清靜也應該，何必擾我們說話呢？」

她指翻蓮花，口裡輕唸咒頌，眾神開始覺得沒趣了。

「嘖，茶還沒喝完呢！」

「眞沒義氣，多年老朋友了，敘敘舊也不成，小氣鬼。」

「沒趣沒趣，就這麼下逐客令，眞沒意思。」

衆神發著牢騷，礙於送神令，只好鼻子摸摸就退散而去。

檀茵張大了嘴，激動得鼓掌不已。眞是好厲害的奶奶啊！

「呵呵～～」奶奶憐惜地看著她，「孩子，難道妳沒半點防身？這體質眞是辛苦妳了。」

多年悶在心裡的難受終於有人瞭解，檀茵不禁蓄了滿眶眼淚，「有位大師傳了我一套口訣，可以阻止附身，但是我總不可能時時刻刻防範，總是有些時候……」愈說愈委屈，她不住地吸著鼻子，就怕眞的哭出來。

「神明哪，總是沒有壞心眼的。」奶奶安慰地拍拍她的手背，「我當年也是莫名其妙的被選上，想想也是五十年前的往事了。」

奶奶嘴角噙著個無奈的笑，卻充滿了溫柔的寵溺，「我們家算望族，頭回起乩的時候，家人都認爲我瘋了，深以爲恥，後來是崇家收養了我，

我在那兒待到要出嫁了才回到本家的。」

是多少年的往事啊？所有的厭惡恐懼都在崇家劃下了休止符。原本就有神人血緣的崇家，一直都是政經精英間的祕密，她這樣特殊的體質，反而備受尊重。她在崇家當了將近十年的巫女，當時降臨最多的，就是孫大聖。

身爲巫女的時候，總是爲了這樣的重擔煩不勝煩，但是到了這把年紀，回顧自己的一生，最閃耀燦爛的，卻是那段身爲巫女的歲月。

她，曾經竭盡所能的用了自己的天賦，阻止了許多災厄，活了許多人的性命。那是她一生中最光亮的時刻。

但是，她還有崇家的教導，使得她有所選擇和抗拒，這個只有一個低弱口訣防身的孩子，不知道吃了多少苦頭呢！

「相隔五十年，居然又見到另一個巫女，這倒是稀奇的。」奶奶溫柔的笑笑，「聽說像我們這樣正統的巫女，百年才得一，不到百年就出了第

二個，難怪這些老朋友這麼開心了。他們也是滿腔熱血想宣洩，若不是深愛人間，怎會這樣呢？」

檀茵擦了擦眼角，「我也不是很討厭他們。這些我都知道，只是只是……連伯安都以為我是神經病……」她嗚咽起來，啜泣著說著前因後果。

奶奶不禁笑了出來，「這孩子跟他爺爺一樣頑固，但是，心腸可都是很好的。想想看，遇到這樣的事情，哪怕他是誤解了，還不是想跟妳一起面對？眾神難明，沒經歷過的人都難以相信了，何況他們這群被訓練得很好的『醫學專家』？我在王家幾十年，一直沒讓人知道我的過去，一來是天帝收了我的上奏，准我去職；二來，當然也是崇家教導我一些防身的法術。」

奶奶輕嘆一聲，「時代不一樣了，人神和諧的年代已經過去。人類是該自己走自己的路，神明縱有心，也該放手了。我傳妳一些簡單的法術，拒與不拒，都在於妳。呵~~原諒我這老太婆，沒辦法幫妳替伯安說明。

若是我嚴肅的跟他說了，恐怕下個被送去精神病院的，該是我了。我老了，可不耐煩跟那些正統醫學瘋子周旋。」

檀茵讓奶奶的幽默逗得笑出來，心裡略略輕鬆了些。

雖然說崇家法術密傳不宣，也繁複得很，檀茵倒是一學就上手，靠著這些法術護身，她倒是平安的熬過幾個精神科醫生的考驗。

雖然伯安依舊不放心，但是之前教導過他的老師卻對他神祕的笑了笑，「伯安，若說『這世間沒有所謂的正常，只有一千種瘋狂的面貌』，你可相信？」

他發怔了一會兒，「……的確是。」

「那麼，何小姐是落在一千種瘋狂面貌裡的最大值了，也就是廣義的『正常』。」這位鑽研精神醫學多年，突然轉頭專心學佛的老師拍拍他的肩膀，「當醫生的人，眼界要寬一點才好。」

伯安默然了好一會兒，若有所悟的點了點頭。

或許老師說的才是對的，至於劉說的那堆關於多重人格的屁話，可以直接扔垃圾桶了。檀茵沒有什麼毛病，要說毛病，誰沒有那麼一絲半點？檀茵就是腎上腺素發達了點罷了。

打開電視，政客的腎上腺素豈不發達到一飛沖天？更不要說健忘症、妄想、幻聽幻覺、說謊癖……跟這瘋狂的世間比起來，檀茵顯得非常正常。就算她堅持用乩來解釋異常發達的腎上腺素，應該也是家裡開了神壇，小鎮蓬勃發展的民間信仰自幼薰陶的結果。

瘋狂的信仰往往會有難以解釋的現象出現，例如基督教徒的聖痕……

他心念一動，「老師，我明白了。」他嚴肅的向老師行了個禮，帶著檀茵回竹路鎮了。

❧　❧　❧

戒除毒癮得用依賴性低的藥物，一點一滴的慢慢戒除，說起來，算是

另一種形式的以毒攻毒。

那麼，要瓦解過於沉迷，甚至到了幻聽幻覺的信仰，就得用另一種信仰取代。

「檀茵，明天陪我去上教堂吧！」他推了推金邊眼鏡，溫柔的對檀茵笑笑。

上教堂？讓她老爸知道，大概會氣得蹦蹦跳吧！

「我不信基督教欸。」她有點尷尬。神壇家的女兒上教堂？四大天界向來井水不犯河水，地域性很強，她服務的神明屬於東方神界，雖然說沒有什麼過節，但是直接跑去人家的地頭總是不大好吧？

「不能陪我去嗎？」伯安懇求，「我信基督教的。」

檀茵無法拒絕他，只好默默的點頭。

這是另一種宗教治療法。伯安心裡默默的想。她浸淫在充滿怪力亂神的民間宗教太久了，也該聽聽上帝的教誨，或許可以改善她的幻聽幻覺。

這一個禮拜天，教堂非常熱鬧。小鎮雖然有乩童、神壇、佛寺，但是也有間頗氣派的教堂。算萬教歸宗嗎？雖然是小地方，但是宗教的包容性卻異常的強大。

正在守護這間教堂的天使眼珠子差點掉出來，因見到一票東方神明浩浩蕩蕩，跟隨在一個嬌小少女的後面，眼見就要進教堂了。

「慢！」天使慌張的朝門口一擋，嚥了口口水，「你們……這裡可是我們的領事館，不歸東方神界管的喔！你們這麼大群神是跑來……」不會吧？最近他們做了什麼嗎？這麼大群的東方神明，莫非是來砸場子的？

伯安莫名的停下腳步，突然有種不想進教堂的感覺。他摸摸下巴，滿臉疑惑，檀茵無奈地看了看他。

說不定，看不見、聽不到、完全不瞭解，反而是種幸福吧！

「呿！」孫大聖不耐煩了，「欸，我們這裡隨便你們愛蓋多少理事館就蓋多少理事館，是怎樣？現在跟我們的巫女來聽聽神父說啥廢話都不

成？趕客人啊？」

「趕客人？」關老爺火了，「要趕客人也先問問我的青龍偃月刀！」

「嘻嘻，鳥大人……對不住，瞧你揹著對大翅膀，老和尚眼誤了。」濟顛瘋瘋癲癲的打趣，「你家理事館可是蓋在我們的管區上，啊喔，連管區巡邏都不給進的哪？」

守護天使被這票東方神明搶白了一陣子，氣到發抖，「是怎樣？地頭蛇來收保護費？你當這是沒王法的地方啊！」

「是誰的王法很可以說上一說啦！」孫大聖火氣很大的將金箍棒往地上一頓。

好啊好啊，連傢伙都抄出來了。「我們西方神界會怕你們這些東方神界的小混混嗎？要傢伙我們沒有嗎？來啊！給他們看看我們西方神界的志氣！」

一時之間，守護天使湧出，使聖弓的、拿銀槍的，刀光劍影，烏鴉鴉的湧出一大群。

現在是在演「古惑仔之神界亂鬥」嗎？

且不論兩方神祇一觸即發，守護天使的強大拒意讓所有要上教堂的人全堵在門口，面面相覷。眞奇怪，明明門是開著的，爲什麼就是怎樣都不想進去呢？

檀茵以手撫額，只覺得腦袋一陣陣發痛。她悄悄地使了個不大熟練的「拒神符」，堵在兩派人馬中間，用心念發話：「停停停，什麼事情也沒有，就只是我要進去做禮拜啊！大聖，你把金箍棒收起來好不好？當心砸了腳；關爺爺，偃月刀重呢，你年紀也有了，別這樣累著自己；行了，我知道了，濟顛師父，別火上加油……」她連哄帶勸，終於勸住了這群鬧到只想打架的神明。

「天使大人，眞的，我們沒惡意，我只是要進去做禮拜啊……」她實在欲哭無淚。

眼見被堵在門口的人愈來愈多，守護天使將信將疑的將傢伙都收了起來。說起來，這人間少女的體質倒是少有的清靜，就算只是這樣看著她，也倍感舒適。

這人間污濁的人太多，實在令人吃不消啊，難怪這群東方的痞子緊緊黏著她不放，連他都想要一個這樣可愛的巫女了。

她想做禮拜呢，說不定可以讓這純潔的靈魂在天父的庇護下，不讓這些東方痞子帶壞哩。

「歡迎妳呀，姊妹。」守護天使恢復最慈善的面容，「希望聆聽天父的旨意以後，妳能找到前往天堂的路。」

消除了拒意，堵在門口的衆人突然都能進入了，檀茵撫著心口鬆了口氣。只不過是做個禮拜，都還沒開始呢，她已經累得快虛脫了。

等她坐定，神明們也擠進大門，虎視眈眈地監視著。

「就是會搞個人崇拜，死傢伙！」

「看這群鳥人超不爽的，幸好跟來了，瞧瞧他們那種饞樣！」

「小茵兒可是我們的巫女，沒得讓的啦！」

守護天使冷哼一聲，「讓天父的慈光籠罩，總比讓你們這群痞子糟蹋好！」

「你說什麼你？在我們的地頭上，你還這麼囂張！」

「這可是理事館！你們東方神界的法律管不到這兒來啦！怎樣？」

「好啊，不給你點顏色看看，你不知道誰是老大啦！」

做禮拜的時候，檀茵都交握著手，死命地低著頭，因爲她頭上一群別人看不到東、西方神明，電光雷火打得金光強強滾、瑞氣千萬條。

原來不是東方神明才散到脫線，閒到抓跳蚤相咬，西方的神明也一樣。信到他們的百姓，眞是倒楣倒到地心去了。

她無聲的嘆口氣，突然好羨慕別人都看不到。

她也好想看不到啊～～

第五章

上了教堂，麻煩事好像更多了。原本跟著她的只有東方神明，現在連西方神明都來湊熱鬧。

雖說有拒神符、送神令等法術可以拒絕沒天沒日的附身，但是檀茵畢竟是個心腸極軟的小女人，遇到懇託也很難拒絕。

這天，守護天使跑到她家裡來，先是在門口和東方神明打了一架——這群神明打上癮了——進了門又爲了滿屋子的檀香皺眉，但他還是重整了儀容，顯露出最俊美、最慈和的面容，懇求地看著檀茵。

「天使大人，就算你這樣拜託我，我也不能從命。」檀茵有些膽戰心驚，「我連自己分內的神職都吃不消了，眞的沒辦法出差……」

「唉唉，唉唉唉，何姊妹，妳不要這麼快就拒絕嘛！」守護天使非常誠懇，「若不是苦主的母親日夜求懇，我也實在是……但是妳也知道的，自從大戰後，神魔兩界簽訂合約，互相約定不能在人間現身；這個小島又嚴苛了些，都城還有管理者，我們的動作不能太大呀，除了以附身傳達神意外，什麼事兒也做不了。」

當初會請調人間，也是出自對人間的莫名喜愛。這片愛恨強烈、忽哭忽笑的大地，各種情緒都讓他著迷不已。久居人間，看多了無奈的悲苦，礙於天規，總恨自己不能多盡些什麼力量。

「這小女孩活不久了，她的壽命已經注定，難道不能完成她小小的虔誠願望？」他心裡有點焦急，雖然說，小女孩往生後就可以見到眞正的天使，但是人類瀕死的那一刻，總是充滿恐懼和痛苦。

身爲一個深愛人類的天使，他已經無力幾百幾千年了，更何況，他特別偏憐這個靈魂聖潔的小女孩，若不是她注定夭折，他是多麼希望這個小女孩可以當他的巫女啊！

「求求妳，就讓我附身跟她說幾句話吧！」守護天使心痛起來，「她也只有這麼一個小小的願望啊……」

「別管他啦！」

「是他們自己沒本事找個合格巫女的。」

「呿，當年不知道燒死多少無辜女孩哩，現在又在這兒哭歪歪……」

「貓哭耗子啦！」

檀茵眼神嚴厲地一個個看過去，眾神明居然讓她看得一一低頭。

願意留在人間的神明，眞的不是存壞心眼的啊，就是非常喜愛這萬丈紅塵，原本可以潛心修煉，不問俗世的「神」，礙於規定，只能一而再、再而三的來請託她這個軟弱無用的女子。

「我沒讓西方神明附身過。」檀茵掙扎了一會兒，放棄了，「你不考慮找其他靈媒嗎？」

「我真有可以的人選，我就不會跑來搶人了。」守護天使一臉誠懇。

騙人！東方神明一起在心裡大叫。

認真要選擇靈媒神職，其實也不是那麼嚴苛。只是進入人類的身體裡附身，該靈魂是否純潔善良、清淨無瑕，嚴重影響神祇的六感。若是存有一絲污穢，就會沾染，那污穢宛如惡臭，嚴重的時候甚至令神掩鼻數年，經久不散。

「你根本就只是想找個上品附身而已啊！好卑劣的搶人手腕啊～～」

但是讓檀茵瞪過，這群神明因為她徹底乾淨的靈魂，反而有些畏怯了。

「好吧！」她考慮了很久很久，顫顫的伸出一根纖白的手指，「僅此一次喔。」

「何姊妹，我代那小女孩謝謝妳，謝謝妳！」守護天使忘情的握住她的手拚命搖晃。

「小茵兒～～」

「他唬妳的啦！他絕對不會找不出人選的！台灣多少他們的神職啊，我們可是只有妳一個。」

「好啦，別吵了。」檀茵頭痛起來，「神本慈悲，難道要信仰你們才發揮那種慈悲？你們不是天天開導我，心胸要寬大，肚裡能容人？自己卻說出這樣話來！」

眾神靜了下來，雖有些不服，還是沉默了。

要怪，也只能怪檀茵的心地太善良吧！讓他們這樣喜愛，除了體質以外，就是這顆純淨無瑕的心哪！眾神無奈的互望，沉重的嘆口氣。

這一天，檀茵突然說要去高雄探病，伯安驚訝地看看她，實在很不放心。

雖然說，這段日子檀茵似乎「痊癒」了，但是偶爾的失神和無人時無聲的自言自語，還是令人有點擔憂的。

「我跟妳去吧！」他想了想，決定休診一天。

抬眼看了看他，檀茵沒有反對。其實她已經思考很久了，關於神職，關於她和伯安。

她是認眞討厭當巫女嗎？對，她得承受很多側目和恐懼，她沒有親密的朋友，甚至連點頭之交都缺乏。在這樣科學壓倒神學，徹底理性的時代，她只是舊時代的殘餘而已。

但是，她是多麼喜歡……多麼喜歡因爲轉達神意，可以避開災厄的那一刻。這是別人不能，只有自己才有的天賦。

那些善良的人臉上露出的感激笑容，就是她最大的報酬。或許會頹喪、抗拒，或許會自我否定、逃避，但是她從來沒有，從來沒有眞心討厭過這樣的身分。

若是伯安真的愛她，愛到即使發瘋都能夠接受，那他就要能夠面對現實以外的「眞實」。

「好，我們一起去。」她下定決心了。

一路上，檀茵一直很沉默。望著這個很少說出來，卻總是默默包容她的伯安——雖然是誤解的包容，不管結果怎麼樣，她覺得已經夠好了。

到了醫院，驚愕的病童母親看著這兩個友善的不速之客，「請問有什麼事嗎？」

「我們是來探望雅柔的。」檀茵溫柔的笑了笑，「妳的祈禱，上天已經收下了。」

雅柔的母親張大眼睛，非常驚愕。她祈禱的內容從來不曾說出來，那只是一個身心俱疲、絕望到底的母親，爲了她心愛垂危的小女兒，非常眞誠的祈禱而已。

那是女兒唯一的、稚氣而童眞的願望哪！

檀茵越過她，俯身看著清醒的小雅柔。她帶著毛線帽，容顏不像她想像的那樣枯槁，只是深陷的大眼睛和發黑的印堂，說明她已經快要油盡燈枯了。

這麼小的孩子，大概還不到十歲吧，就得面臨人生當中最神祕、最絕對的死亡，那麼，讓她無懼的上路，也是她這個神職者的工作之一吧！

「雅柔。」她微微一笑，「天使這就來了。」

伯安看著他嬌小的女友雙手環胸，閉著眼睛，病房中的微塵，在陽光下悄悄迴旋、跳躍，像是煙火般燦然的飛撒，匯成一道宛如光流的微塵瀑布，聚散間隱入檀茵的身體裡。

她猛然仰首，閉著的眼睛倏然睜開，她像是一個潔淨的水晶容器，盛載了太多的金光，以至於流洩出來，在她背上朦朧的伸展出巨大、泛著金光的翅膀，連她睜開的眼睛，瞳孔裡都有著奇妙的光彩流動，臉孔像是籠罩在白霧之下，隱約而慈悲。

「雅柔，我照約定，來接妳了。」檀茵發出低沉而悅耳的聲音，像是許多樂器和諧的共鳴，「妳知道我是誰嗎？」

病弱的小臉露出微弱卻愉悅的笑，她嘶啞地說：「我知道。妳是天使姊姊。」

「不要怕。」檀茵俯身抱住她，模糊的金色翅膀覆罩了整個病床，「這是人生必經的過程，就像光與黑暗，生與死，這是另一次的誕生，只是走向另一個終點，我會陪著妳，走完最後一點路程……」

小雅柔已經無力伸手了，她只是滿足的將臉偎在檀茵的臉上。「別讓媽媽太傷心好嗎？等我休息夠了，我想回來當媽媽的小孩。媽媽不要哭，我還會回來的……」她表情安祥的閉上飽受折磨的眼睛，宛如安眠般，停止了氣息。

孩子的媽媽哭了出來，心裡卻不完全是巨大的傷慟。她知道自己的孩子已經有天使照顧了，天父會將她的痛苦一併洗清，讓她在榮光中安息。

雖然非常悲傷，卻像是被滌清了一切遺憾。

將那小小的、純淨的魂魄還歸於天，依舊被附身的檀茵轉眼看著呆若木雞的伯安，「你可看得到？你可看到了原本就該看到的事物？」

這是神蹟！身爲虔誠教徒的伯安受到很大的衝擊，像是一個生銹已久的鎖困難的轉動，轉動……

原本讓理性、科學、知識，深深禁錮的五感突然眞正的張開了。那些被他合理解釋，進而不聽不看不聞的種種異象：暗處的私語只是風聲和熱脹冷縮的聲響，瞥見的白影只是視網膜的繆誤……一切一切被賦予合理的解釋，以致自我暗示到看不見聽不見。

因爲這個突然的衝擊，突破了理性薄薄的表面張力，他「看」到了。

他不僅僅看到附身在檀茵身上的天使，也看到了跟隨在後的東方衆神，有巫女血緣的他，瞠目看著他原本就應該看得到的一切。

沒錯。怎麼能夠說，這是幻聽、幻視？大部分的人都看不到聽不見，

就能夠證明不存在嗎？

他像是生活在黑暗中許久許久，突然看到一片光亮，逼得他幾乎睜不開眼睛，讓五顏六色的世界鬧了個頭昏眼花。

現實，到底等不等於真實？看不到聽不見，就不存在？

「我看到你了。」他垂首，真誠的祈禱。

「跟他說破嘴，不相信就不相信，倒是讓那鳥人裝模作樣一下，倒是信了。」

「西方那群傢伙真是好演技。」

「搶人搶到這樣，演技那麼好去演偶像劇啊！」

東方神明很不是滋味，不住地碎碎唸。

看起來，這場搶人大戰，還有得拚呢！

檀茵使了個拒神符，總算得到了片刻清靜，她和伯安默默相對，兩個人都無言。

「我自認愛妳，卻對妳誤解這麼久。」伯安緩緩的開口，溫柔的語氣掩不住深深的懊惱。

「我愛你的。」檀茵紅著臉，小小聲地說，「而且，就算你誤解了，你也一直在我身邊。」

毋須言語，在互相的擁抱中，找到了深至靈魂的瞭解和愛意。

「檀茵，嫁給我吧！」經歷了這麼多，他的生命已經不能沒有她了。

蜷在他的懷裡，她很輕很輕的點頭。

她，終於讓伯安接受了她的一切，不管是「現實」，還是「眞實」。

結婚以後，她大概就必須上表奏，請求去職吧！但是，她突然寶愛起自己的神職身分。這也是她的一部分，她的天賦、她的生命價值，在時間巨輪隆隆，人神愈行愈遠的二十一世紀，她說不定會是最後一個巫女吧！

「結婚以後，我得放棄神職嗎？」她不確定地問。

「為什麼要放棄？那也是妳的一部分，當先生娘就不能當掛號小姐？若是可以並行，那麼多兼一個神職也不算什麼吧？」他得好好想想，怎麼幫檀茵掩飾過去，才會看起來正常點，總是要多顧慮一下凡人的眼光嘛。

檀茵滿足的窩進他的懷裡。她是遇到一個值得的人了。

只是，在晴朗的天空之上，一場異變，已經無聲無息的展開了。

他們不知道，依舊留戀人間的各方神明，也還不知道。

那一天，終於來臨了。

❦ ❦ ❦

出差很久很久的哪吒，終於回到檀茵的家。

他風塵僕僕，滿臉的疲憊，萬分不捨的將頭埋進檀茵的懷裡，一聲不吭。他會非常想念，想念這個如姊如母的檀茵，想念這個萬丈紅塵。

這裡，比天界更像是他該待的地方。

「三太子，怎麼了？」本來很高興看到他的檀茵，心裡突然害怕起來，「是發生什麼事情了？」

「……又要封天了。」哪吒絕望地抬頭看著她，「這次範圍更大，等於是要全封了！繼大神『重和黎』隔絕天地以後，這次眞的要封了，要封閉所有通道了。」

「什麼?!」聚集在檀茵家的衆神明大吃一驚，爲什麼沒有任何預兆？這是說，所有的各路神明都得返回天界，人間將不再有神？

「爲什麼呢？」

「是啊是啊，爲什麼？」

「我不要回天界！我喜歡這裡！」

「總給個理由啊！」

哪吒強忍住淚，卻哽咽地說不出話，孫大聖抬起陰晴不定的臉，問：

「是不是天界的龜裂又更劇烈了？」他曾經擔任邊疆守關，知道這個天界的隱憂。

自從神魔大戰之後，雙方簽訂合約，互相約定互不侵犯。之所以止戰，實在是這場在人間進行的神魔大戰，已經嚴重威脅到三界生存。不說人類的文明毀壞殆盡，幾乎滅絕，連天界和人間、人間和魔界的接壤，都已經出現嚴重龜裂，崩塌只在片刻。

天界協議後，派了大神重和黎將天界通往人間的通道關閉了大部分，女媧奉命補天，魔界也派了大魔堵住多數通道，盡量彌補這場大戰的嚴重傷害。

經過多年的休養生息，人類漸漸恢復文明和數量，滿懷愧疚的天界從僅存的幾個通道，派下天神，透過巫女傳達神意，照顧人間百姓，但是人類在神話時代曾經有過的光輝燦爛文明已經不復見，所有的法力都消失了，壽命也大爲縮短，盲目的崇拜前來「救災」的神明。

這場大戰，沒在人類的記憶裡留下，卻悄悄的潛伏在潛意識裡。日後人類往理性與科學的路上走，徹底排除神祕，也是潛藏很深的精神創傷所致。

早就知道，人神殊途，各行陌路的日子會來臨，但爲什麼這麼快？快到一點心理準備都沒有……

「眞的不能再撐了。天帝有詔令，即返天庭，四日後徹底關閉通道，大約只留幾個有管理者的都市尙有通道。」哪吒強打起精神，將詔令打了出去，頃刻間，所有的東方神明都接到訊息，倉皇得不知如何是好。

長處人間，怎麼忍得下，怎麼放得了？

哪吒最是傷心，雖是短短十餘年，但他和檀茵朝夕相處，早就把她當姊姊、媽媽看待，天地一旦隔絕，恐怕生生世世再也無緣相見。

「我不想回去……」頒完詔令，哪吒哇哇大哭，「我不要離開檀茵！」

這消息來得太突然了，檀茵忍不住熱淚盈眶，心頭一陣陣痛，「我也捨不得你呀，為什麼……」她好不容易接受了自己的定位，為什麼就這樣結束了？

臨行前，哪吒哭紅了眼睛，表情凝重的在檀茵和伯安的腦門上輕拍。「我暫時封上你們的天靈。此後無神，以前還有我們照看，現在都沒了，天界不管，魔界不理，這人世飄蕩的妖魔鬼怪，會盯上你們這兩個『完美容器』的！聽我說，檀茵……」

一串串的淚又滑下他粉嫩的臉頰，「世間無神，對其他凡人沒有什麼影響，但是對你們的影響就大了！什麼都不要問，趕緊上都城吧！都城尚有管理者，還可以保你們安全，我們會聚集在竹路鎮不去，就因為這裡是正鬼門，有我們在，妖魔還不敢動作太大，我們走了，你們怎麼辦？」

好多話想說，好多話想叮嚀，但是時間這樣緊迫，他無能為力、無能為力啊！

「要聽話，快快上都城台北吧！」

含著淚，哪吒拜別了依戀的人間，和他依戀的人間少女，隨著衆神回歸天界，眞是一步一回頭。

這樣的決定，不會太草率嗎？就算是人間最後一個巫女，畢竟也爲他們服務這麼久，難道就要看著這個辛苦多年的巫女，去面對險惡的命運嗎？

「哪吒？三太子爺？」孫大聖看他依舊留戀回望，心下也是一陣難過。「走吧，時候到了，再不走，天門就要封閉了。」

「是啊！」哪吒望著人間不動，「天門就要封閉了……」

第六章

眞的封天了。

那一天，全世界起了共同的雷鳴，電光閃爍許久，南北兩極的極光明亮到可怕，像是最後的回顧。

然後，長空雲去，深藍色的天空蕩蕩的，像是突然被抽去靈魂。科學家訝異的發現，臭氧層的破洞，居然無聲無息的癒合了。

但是這些異象，自然有科學的、理性的解釋，已經徹底隔絕神祕的人類，遺忘了神與魔，大部分的人，都沒受到什麼影響。

封天之後，各式各樣的犯罪突然升高，精神異常患者的數量悄悄地增加，但是人類還是認爲，這不過是社會文明的副作用而已。

只有伯安和檀茵知道，並不是這樣的。自從神明撤離人間之後，向來被保護得好好的他們，也見識到了另一個世界。

迴異於神或魔，流蕩在人間的，還有人魂與妖異。這些沒有形體、徒具魂魄的妖異，大部分都沒有什麼傷害，但是有一小部分，很少的一小撮，卻因爲對「生」的強烈渴望，在失去神明的鎮壓和管束之後，開始瘋狂地尋找「容器」。

被附身的人類經受不住這種瘋狂的「貪念」，往往精神破碎，成了精神病患；也有些懷有惡念的人雖然沒被附身，卻因爲妖異的誘引，所以殺生、瘋狂。

拒神符只能抗拒願意講道理的神明，卻沒辦法阻止這些失去理智的妖異。原本不願意離開竹路鎮的檀茵，因爲伯安被「暴民」襲擊，嚇白了臉，決意要離開了。

「阿茵呀，」何必問很捨不得，「妳幹嘛非去台北不可？伯安只是被一個瘋子敲了一下，台北壞人更多咧！警察有在抓了啦，妳是在怕什麼？」

檀茵嚥了嚥口水，有些慶幸她的父親什麼也看不到。小小的房間，已經塞滿了各式各樣貪婪的妖異了，他們發出可憐又可怖的聲音，伸出透明卻固執的手，呼喊著：「給我……給我……將妳的身體給我……我要生命，我要生命……」

這些聲音日夜吵嚷，她已經快要崩潰了。「爸，我跟伯安北上看他奶奶，順便讓他養傷，沒事的。」

「妳臉色很難看啊！」他憂慮的摸摸檀茵的頭，原本圍在檀茵身邊的妖異，突然畏懼地往後退出房間，有些來不及避走的，哀叫著粉碎後消失。

爲什麼？

「呼，終於可以進入了。眞是乞丐趕廟公。」四個小小的小孩冒了出

來，火速地在房間裡安下簡單的結界，「塞得滿滿的，反而把我們擠出去。」

「阿茵？」何必問擔心地看看她，「妳沒事吧？」

「爸。」她定了定神，勉強擠出一個笑容，「眞的不要緊。你先回家好了，今天會很多人去問明牌，不用擔心我啦，趕緊回去。」

等把爸爸送出大門，那四個小孩皺著眉看她。

「你們是？」檀茵吃了一驚，「你們不是地基主嗎？爲什麼沒跟著神明一起回歸天庭？」

四個小孩面面相覷，苦笑了一會兒，「我們不是眞正的神明啊，只不過是存在久一點的人魂，天庭給我們的神職只是榮譽職。」

小孩乙滿臉的無奈，「對啊，就像榮譽博士、榮譽爵士那樣沒半點好處。」

小孩丙沒好氣地說：「哼，連薪水都領不到，更不要說福利啦！最少也給個勞健保之類的。」

「死都死這麼久了，要勞健保能幹麻？看牙齒喔？我看你的牙齒早化成灰了。」

「我還剩個幾根骨頭，誰像你只剩一撮頭髮？」

「這也值得吵喔？惦惦啦！」小孩甲揚聲，「飯碗都要砸了，還勞健保啊？抱歉抱歉，管教不嚴，管教不嚴啊！欸，巫女，妳別哭啊，我們不吵了，不吵了啦！儘管靈力低微，我們還是會盡量保護妳啊，拜託別哭啦，我就是怕女生哭……」

「沒關係，我、我……」身心俱疲的檀茵嗚咽起來，「我只是……很高興你們還在。」

四個地基主一起低了頭，有些抱歉地開口：「巫女，若是可能，我等也希望保你們平安。這些年來，也受了你們多少香火，可嘆我等靈力低微，勉強維持這樣的結界都很吃力了，時間一長就沒辦法維持。妳等醫生

清醒，就速速啓程吧！」

「已經很好了。」檀茵擦去淚水，「我離開後，還麻煩你們照看我爸爸。」

四個地基主互相望了望，沉重地嘆口氣，「巫女，妳父親的力量，恐怕在我們之上哩！剛剛也是靠他才驅除了所有的妖異。說來慚愧，要驅除他們，我們是沒辦法的。

「請妳記住一件事情。所謂妖異，其實不能造成妳任何物理性的傷害，他們只能攻擊軟弱的人心，只要夠堅強的話，是拿你們沒辦法的。壞就壞在，要堅強，只有一個辦法：絕對信仰。」

「什麼是絕對信仰？」清醒過來的伯安聲音微弱地問，檀茵趕緊過去扶住他。

「徹底的信仰，信仰到看不見任何妖異。」地基主們異口同聲地說，「信仰什麼都行，堅決的信仰反而可以拒絕一切妖異的影響，甚至，信仰

『不相信』這件事情，都可以避免妖異，但是你們……」他們猶豫了一下，「你們是眞正『看』得見的，所以很容易被影響。至於妳爸爸，他的信仰夠虔誠，虔誠到可以阻止所有妖異的現形了。」

「對妖異來說，最可怕的是不被『承認』。因爲沒有感應、不被承認，他們就失去『存在』的意義。」另一個地基主苦笑了一下，「其實人魂也是，我們仰賴的只是稀薄的香火，有了這種『承認』，我們才擁有了很微弱的靈力……」

「別說了，快不行了。」他們四個聚到伯安和檀茵身邊，「我們縮小結界，可以送你們到火車站，之後就要靠你們自己了。」

隨著日子漸漸過去，妖異們原本還有所忌憚，等確定神明的確封天，欣喜若狂，到處尋找適合的「容器」，而檀茵他們，等於是第一目標；就算集合竹路鎮所有的地基主和土地公，還是保不了啊！撐了這些天，已經是極限了。

檀茵和伯安忐忑地上了火車，地基主們愁眉不展地望著世紀末的最後一個巫女離去。他們的時代，眞正結束了，愈來愈沒有人祭拜他們，他們的靈力，也隨著「承認」的消失，愈來愈薄弱。

「我們會留守到眞正消失那天為止吧！」

這些陰神們相視苦笑。

「最糟也不過是去投靠都城的管理者。」

他們都沉默了。深深的束縛在這片土地上，他們這些陰神，又眞的能去哪兒？

「只能希望巫女平安吧！」地基主喃喃，「只要她還記得我們，大約消失的那天就可以遲一點來臨……」

⁂

像是逃難一樣上了火車，檀茵和伯安交握著手，希望給對方多一點的勇氣。一切都發生得太快、太突然，他們像是手無寸鐵的孩子，突然被扔到狼群中。

空氣愈來愈沉悶，像是氧氣一點一滴的被抽離，他們垂下眼睛，不敢去分辨在他們身邊的到底是人類，還是妖異。

「哇啊啊！啊啊啊啊～～」原本坐在後面沉睡的乘客突然站了起來，嘴角滿是白沫地撲向他們倆，口齒不清地說：「我受不了了，受不了了啊！給我……把你們的生命給我……我要活、我也要活啊……」

他那樣的猙獰把檀茵嚇得尖叫起來，整個車廂的人卻都陷入昏睡中，沒有人動彈，負傷的伯安連忙將那人踹開，將檀茵保護在他身後。

此起彼落的，昏睡的乘客，一個個站起來，喉間發出低低的吼聲，眼見就要撲上來了……

「吵夠了沒有啊？老娘都不用睡覺嗎？」一個麗裝時髦的美女霍然站起來，忿忿地舉起手上厚沉沉的稿子，一個個朝著腦袋敲下去，「靠夭

啊！我審稿已經審到火氣旺，出差出到長痘子啦！你們還吵三小？吵三小！沒見過壞人嗎？要搞怪到旁邊去！在我管九娘面前吵啥？班門弄斧嗎？」

神奇的是，她敲一下，就有一道白影恐懼地飛出去，乘客又癱回座位繼續昏睡，她氣勢十足的往玻璃窗一拍，「管九娘在此，諸妖異可以滾了！」

像是一陣狂風刮過去，原本的窒礙一掃而空，突然可以呼吸了。

檀茵和伯安互相看了看，滿心驚訝。

她，看起來是很像人，但也只是很像而已。

「管小姐，謝謝妳的解圍。」檀茵小心翼翼地道謝。

「別跟我說話。」管九娘將眼睛垂下，不耐煩地繼續看稿子，「我的麻煩夠多了，不需要加上你們這對超級大麻煩。」

「但是妳救了我們。」

「我沒有！」管九娘大聲叫起來，「我哪有啊？我只是不想被打擾而已，哪有救你們？我只是個普通的編輯，別煩我，離我遠一點！」她很厭惡地揮揮手，像是在趕小雞小鴨似的。

「她是普通的……『狐妖』編輯。」仔細觀察管九娘好一會兒，伯安悄悄地跟檀茵說。

檀茵點了點頭，那位「普通的編輯」，隱約可以看到狐尾和狐耳。

「別看我，死人類。」管九娘含含糊糊地抱怨，「媽的，坐個火車也有事，實在很苦命！」

管九娘不想理他們，他們也不敢多嘴，一路上還算是平安，兩個人精神緊繃好久，難得有人守護，也就昏昏沉沉的睡著了……

他們才剛睡熟，卻被人猛力搖醒，一睜開眼睛，居然是管九娘緊張的臉孔，「你們要去哪兒？」

檀茵和伯安這才驚覺自己已經離開了座位，走到搖搖晃晃的車廂連結

處，顫巍巍的幾乎要摔出去了。

管九娘大力地將他們拖進來，表情陰晴不定，「媽的，我不是奶媽啊！現在又有個大傢伙來了……」

火車一到新竹靠站，她將他們一起拽下車，「這班車不能坐了。」

「為什麼？」兩個驚嚇過度的人跟在她後面小跑步。

「這列火車要出軌了。」她瞥了他們一眼，「好了，臉孔不用這樣慘白。我不會讓這列火車真的翻了，我還趕著回台北呢！聽好了，你們先離開火車站，不停的往前直走不要轉彎，任何人叫你們都別回頭，也絕對不要回答。一直往前走、往前走，看到的第一間旅社，不管是多麼破舊或者不正常，住進去就是了。天亮搭第一班的火車到台北，明白嗎？」

管九娘不耐煩地在他們背後畫符，用力一拍，「走！」

看著他們走遠，管九娘嘆了口氣。真是超級大麻煩！原本她是不想管的，但是這兩個人前生與她有宿緣，現在相逢了，不幫上一幫也不忍心的。

她媚眼微閃，身形瞬移到已經開走的火車。滿車的人都在昏睡，空氣沉悶得像是充滿了瘴氣。

在檀茵和伯安坐過的座位上按了按，尚有微暖。她原本就是吸食人氣的妖怪，雖說為了躲避天敵化身為人安分了許多年，但是借用稀薄的人氣幻化人形，倒還是簡單的。

有人昏沉地清醒了一下，看到兩個座位都是空的，又闔目睡去，但是看在妖異的眼中，那兩個人都還在座位上沉睡，反而那個礙事的狐妖不見了。

悄悄地隱蔽自己的氣，管九娘默默地坐著，希望這樣的欺敵之計，可以引走大部分的妖異。

伯安和檀茵緊緊的握著手，慘白著臉孔，低頭一路疾行。

雖然已經十點多了，但是新竹的街上也太靜了些，路上連個行人也沒有，鬼哭似的風聲，白得發青的路燈淒慘地亮著，像是睜著眼睛的夜。

「等等，等等呀！」他們背後傳來管九娘的聲音，「等等我！那些妖異找上我了，救救我呀～～」淒厲的呼救聲劃破了恐怖的夜晚。

伯安想回頭，卻被檀茵緊緊的拉住，死命的往前走。

是走了多久呢？爲什麼就是看不到旅社的招牌？不，不只是旅社的招牌，根本沒有任何招牌，只有陰幽的公寓，一棟又一棟，一棟又一棟。

「阿茵……是爸爸啊，妳不要走那麼快，爸爸剛剛受傷了，好多鬼在抓我……」何必問哀哀的聲音響起，檀茵愣了一下，換伯安將她拖走了。

「妳怎麼不管爸爸？」何必問的聲音緊緊地跟在他們身後，「爸爸辛苦把妳養大，妳怎麼不管我？阿茵啊……」

「……」檀茵突然頭昏，想要回頭看看。這聲音是爸爸，是爸爸沒

錯！

伯安突然將她拖過來，匆匆地吻了她，不讓她發出聲音。

這個吻讓她清醒了。管九娘說，不可以回頭，也不能夠回答，這些都不是眞的。

不知道走了多久，這條路卻這樣筆直，筆直而遙遠。他們已經走到腿瘦腳軟了，但還是沒看到旅社的招牌。

要走去哪裡？檀茵看了看手錶，額頭滴下汗。他們已經走了三個小時，新竹市有這麼大嗎？

他們身後的聲音不斷地變換著，有時是他們的親人，有時是他們的朋友、鄰居，甚至連檀茵死去的媽媽、伯安早逝的雙親都出現了。

這樣的呼喚、這樣的恐懼，簡直要被壓死壓狂了，他們卻只能低著頭不住地往前走，走到雙腿沒有感覺爲止……

終於，在冷清淒慘的水銀燈光下，出現了一排明亮的、紅艷艷的燈

籠，上頭寫著：嘉賓大旅社。

怎麼看，都像是做「黑」的賓館，但是現在的他們，卻欣喜若狂地奔進這家髒髒小小的俗艷旅社。

半倚在櫃台上抽菸的老闆娘，瞇起她徐娘半老的媚眼，自言自語著：「怪道一路鬼哭哩，這麻煩可大了。」她掏出客滿的牌子，「不好意思，小店客滿了，客官別處打尖吧！」

這樣古典的用句讓人毛了起來，但是想想身後死咬不放的種種呼喚和陰森，這裡不啻是天堂。

「拜託妳……」檀茵哀求起來，「是管九娘要我們來的。」

「死ㄚ頭！日子就在難過了，惹這種麻煩讓我搞！」老闆娘氣得吐出一口煙，很是無奈，「我們這裡有小姐叫的，是做生意的地方，你們夫妻哪兒不好住，來我這兒？」

看了看他們兩個驚懼的眼神，老闆娘又噴了口煙，攏了攏頭髮，扔了把鑰匙過去，「二〇七。沒浴缸的。趕緊圓了房，我們這兒是作『那檔子』生意的，你們不圓房，我們這兒的小姐一時不察，摸到你們那邊……可是對不住了。」

「姥姥，有客嗎？」古老的珠簾一掀，一個穿著純白薄紗睡衣的少女似笑非笑，神情恍惚地「飄」出來，像是沒有骨頭，就要往伯安身上倒過去。

「小倩，妳有種就碰管九娘的人好了。」老闆娘冷冷地說，特別在「管九娘」三個字上面加重語氣，「別說我沒先告訴妳。」

那位叫作小倩的少女，居然蒙著臉慘叫一聲，飛也似的奔回珠簾後面，珠簾居然連顆珠子也沒動。

這對倒楣情侶心裡一起打了個突，只是齊齊低了頭，拿了鑰匙，沒說話。

「記得啊，趕緊圓房。」老闆娘又更重的嘆口氣，看著他們倆上樓

了，「小倩，妳躲在裡面要死啦！門口一堆等超渡的，妳去打發打發。唉，今晚生意做不成了。」

小倩餘悸猶存地發著抖道：「我怕管姊姊。」

「妳不去打發，妳的『管姊姊』會來拆妳的牌位。」老闆娘的聲音大起來，「我告訴妳呀，妳的神主牌拆了就拆了，我這家店還做不做啊？不怕妳就儘管躲！」

小倩「呼」地一聲飄出來，「我去、我去，別跟管姊姊說。」

她無限幽怨地走出大門，足不點地的，「你們……好壞，管姊姊知道，會罵我的。」

一看到這個跟狐妖共居的艷鬼，店門口滿滿的妖異都倒抽了一口氣。這個艷鬼的道行恐怕在場的妖異無人可及，更不要說她採補修煉了幾百年。

這艷鬼採補，生冷不忌，連妖異也輕鬆下肚的！

老闆娘懶懶地又點了根菸，幽幽地嘆口氣。

妖類與魔族算是遠親，不過是選擇人間的亞空間生存，自成世界。上神封天，下魔絕地，本來跟他們這些人間討生活的妖族無關。

時代不同了，人類早就絕了神祕，早就知道會有這天了。他們這些艱苦討生活的妖類，不過是做點小買賣，吸點人的陽氣，也不作興吃人了。

「移民」還是得尊重「原住民」不是？

只是三界之內，又不是只有神魔人妖，還有個無形無影空有貪念的妖異呢！門口這些雜魚，還可以將就著打發，若來的是「冥主」呢？光想到就頭痛。

唉，她只是本本分分的婦道人家，在這人間依足一切人間的臭規矩，稅她也照繳，保護費也沒敢慢過，可憐黑白兩道都打點完了，現在還得打點起妖異了！什麼命唷～～

第七章

進入不算乾淨，卻很安全的房間，檀茵和伯安兩個人不約而同的呼出一口長氣。

未曾身歷其境的人，不知道那種感受。時時刻刻都聽到暗處的呼喚，內心的恐懼不斷的上升，想要祈禱，卻又無力，因爲……眾神已經封天了。

所有的祈禱只能悶死在人間，成爲無助的懇求，神祇們卻愛莫能助，那又何必讓神祇們擔心、煩惱呢？

誰也救不了他們。到底還能抵禦多久呢？讓無盡的惡夢、貪婪的氣味糾纏，心靈一天天的衰弱下去，衰弱到幾乎沒辦法抵禦強大的恐懼。

「我在妳身邊呢！」伯安對她笑了笑，「我會一直在妳身邊的。」緊握的手，一直沒有鬆開過。

「我們會不會發瘋？」檀茵想要鼓勵地朝他笑笑，卻笑不出來，「會嗎？我已經開始分不清楚什麼是現實，什麼是幻覺了……」

「我是眞的，妳也是眞的。」伯安拉著她的手，按在自己的胸口，「心跳都是眞的。」

即使恐懼、即使害怕，即使愈來愈分不清楚眞實與虛幻的界限，但彼此的凝視、體溫，才是眞正的眞實。

誰也不知道，這樣的災難因何而來，有沒有終止的一天，但是他們相吻、溫熱的擁抱，這一刻，才是眞實中的眞實。

就在這一夜，他們做了唯一的一次祈禱，希冀衆神知曉，他們成了實質的夫妻。

睡到半夜，檀茵迷迷糊糊地醒來，有些臉紅的用被子遮住赤裸的胸部。緊擁著她的伯安，睡顏如此安詳放鬆，像是孩子一般。

她愛憐的摸摸他的臉。逃難太匆匆，他們的婚禮還沒辦呢，不知道有沒有那一天？

坐起來發呆了一會兒，愈想愈睡不著，她乾脆起床洗澡。

打開浴室——咦？老闆娘不是說沒浴缸嗎？不但有浴缸，還是按摩浴缸呢！想不到寒傖的旅館房間，卻有這麼氣派的浴室。

她高興的開始放水，看著水龍頭冒出冉冉熱氣，她放鬆的沉入浴缸中。奇怪，水龍頭的水明明冒著熱煙，爲什麼浴缸的水只有微溫？

她小心地摸摸水龍頭的水，被燙得馬上縮手。怎麼冷得這麼快？

她驚訝地看著浴缸的水，原本透明的水裡，一絲絲的滲入了黑色……

是她的頭髮吧？但是她的頭髮，有這麼長嗎？

水面下，濃厚的頭髮在水裡漂蕩，一雙眼睛透過水面和她相望。

檀茵嚇得馬上從浴缸跳了出來，差點在充滿水漬的浴室裡滑倒，趁她滑了那一下，濃厚的長髮像是有生命一般，纏住了她的腳踝，她尖叫一聲，剛好讓伯安接了個正著，他用力將她拖進房間，拚命踹上浴室的門，遙遠的記憶猛然觸動了一下——

「不行！我沒邀請妳，妳不准進來！主人沒有邀請，妳不能進來！」

原本纏住檀茵腳踝的長髮，哀叫著從門縫縮回去，拍著門，「Let me in……Let me in……」

「妳不能進來。主人沒有邀請，妳不能進來。」伯安喃喃著。

是了。在他很小很小的時候，他奶奶曾經抱著他，堅定地對著屋角徘徊的陰影說：「主人沒有邀請，你不能進來。」就這樣將把他嚇得大哭的陰影趕走了。

他幾乎忘記的往事，居然在危急中救了他們。

浴室依舊迴響著可怖的哀求：「Let me in…… Let me in……」

伯安緊緊地抱住檀茵，將她的頭壓在自己懷裡，「不要怕、不要怕……」雖然他全身都在顫抖，但是，他要保護自己的女人！

淒厲的呼喊久久不散，終究還是停了。伯安鬆了口氣，卻聽到冷氣孔那兒傳來陣陣拍打聲，一雙炯炯的眼睛藏在黑暗中，烏黑的頭髮穿過冷氣孔，像是無數小手伸出來，「Give me life…… Give me life……」

像是有隻冰冷的手掐住了心臟，伯安怔怔地望著冷氣孔，全身都僵硬了，明知道要開口拒絕「她」的侵入，但卻一個字也說不出來。

「伯安，她說什麼？」檀茵抬頭看到那雙眼睛，卻沒有看到頭髮。她已經鎮定下來，這些年和神明相處久了，她對異象的適應力比伯安強多了。

被檀茵的話驚醒，他突然喘了一口大氣。剛剛是怎麼了？他突然像是

被抓住，整個人都動彈不得……為什麼檀茵沒有被影響？因為聽不懂英文？

地基主說過的話突然湧上心頭——

對妖異來說，最可怕的是不被「承認」。因為沒有感應、不被承認，他們就失去「存在」的意義。

因為不懂「她」的語言，所以等於不存在？所以檀茵沒有感受到心臟那股冰涼的掐緊？

伯安輕輕的笑了一聲，「妳不能進來。人鬼殊途，我也不該懂得妳說的話，妳之於我，是不存在的。」

冷氣孔裡的眼睛突然閉上，尖銳的慘叫劃破了寧靜，「Don't refuse me～～」

「我就知道妳這外國洋婆子不存好心眼！」冷氣孔裡傳來一陣嬌斥，「不好好做就算了，妳給我鬧窩裡反？外面的就鬧不清了，妳給我騷擾客人？等管姊姊知道，我怎麼辦哪？姥姥可是好生氣了。」

「No……No……」

「抱歉哪。」小倩的媚臉在冷氣孔後面笑著，「我們家的外籍勞工有點欠教育，不好意思不好意思，請繼續睡。」

伯安和檀茵抱在一起，勉強擠出個笑容給她看。

「欸。」沒想到她去而復回，把他們兩個嚇得差點跳起來，「拜託不要跟管姊姊說唷。」

「一定一定……」他們兩個不斷的點頭。

「請好好休息。」小倩笑咪咪地在冷氣孔裡行禮，「祝您有個愉快的夜晚。走了，還裝死？就跟姥姥說不要外籍勞工了，又懶又笨！妳早死了啦！叫妳投胎不去投胎，只會吵客人，腦漿都蒸發了啊？笨蛋……」

檀茵和伯安兩個人抱在一起良久，面面相覷著。

「這裡到底是……」檀茵好不容易找回自己的聲音。

「就是一家旅社而已。」伯安很快地回答，擦了擦額頭的冷汗，「不然還會有什麼？不會有什麼的。」

從來沒有覺得天亮這麼難熬過，他們就這樣默默地坐到東方出現曙光，才大大地鬆了口氣。

❧　❧　❧

原來旅社離車站只有兩百公尺而已。

出了大門，檀茵和伯安一起傻眼。那昨天的三個小時是走怎樣的？

「快走吧！」老闆娘不耐煩地揮手，「去去去，別再來了。小倩！死哪兒去了？叫妳拿的東西呢？」

「我在找托盤。」小倩悶悶的聲音傳出來。

「要命唷～～妳都修煉多久了？找托盤？拿一下不會死的啦！」老闆娘吼了起來。

「人家還是會怕的呀！」小倩氣呼呼地撐了把黑雨傘出來，用個托盤端出一個小小的香包。

他們已經完全不想知道小倩到底是什麼了。

「拿著。」老闆娘嘆氣，「遇到不能控制的狀況，就把香包解開倒出去。大約可以解你們一次之難。」

檀茵感激地接過來，「謝謝妳，老闆娘。」

「去去去，別回頭了。」老闆娘點了根菸，「我也得關店避避風頭。快走吧，火車可是不等人的。」

瞧著這兩個人扶持而去，老闆娘又嘆了口氣。「小倩，把門關起來，最近都不做生意了。」

只見屋裡的電燈泡和日光燈管一陣霹啪亂響，一起爆掉，原本就採光不良的旅社，馬上暗了下來，然後暗到不見天日。

「再做我這椿生意如何？」最沉鬱的黑暗中，露出一張白皙的臉孔，

隱隱的發出瑩光。

老闆娘呼出一口煙，「冥主，別人怕你，我胡媚然可是不怕你。你也打聽看看，三界之內，除了我和都城管理者能役鬼，還有幾個能夠？你會的我都會，我會的你還不見得會呢，打起來誰也沒好處。生意嘛，打仗也是生意的一種，勞民傷財的生意，還是不做的好。」

讓胡媚然這段軟硬兼施的話一激，被稱為冥主的妖異，笑著由黑暗中現形。他有八尺高，目光燦如寒星，面容溫潤如冠玉，未語先笑，飄然如謫仙。

向來喜好美少年的胡媚然，卻只是陰沉了臉。

「咱們什麼交情？」冥主開了口，聲音說不出的好聽，「多年的老朋友了，犯得著為兩個人類起衝突？我說媚然，妳身為狐妖修煉這麼久，終究還是個妖身，這兩個可是上等的好容器，有了人身，想修煉什麼不能？別說修仙，修個神都不為過的，不如，我取了陽身，妳取陰女，咱們合籍同修，如何？」

胡媚然睇了他一眼，褪去臉上的僞裝，露出魅惑極艷的臉龐，咯咯一笑，連旁邊站著發抖的諸艷鬼都忍不住軟了膝蓋，「老冥，打得好精的算盤！說起來，也算是好主意了。」

她美麗的眸子媚光流轉，「只可惜，這兩個是管九娘要的，奴家沒用，惹不起那隻死狐狸精，再說……」她笑得更蠱惑人心，「這兩個人已經上了火車了，難不成你要冒著大太陽追去？不怕溶的話倒也可以試試，就怕你這張帥臉溶壞了，奴家不忍得。」

冥主讓她暗嘲明諷卻也不生氣，依舊好脾氣地笑，「媚然，自然是妳去追。這兩個人承了妳的恩情，怕不乖乖跟來？管九娘算什麼？不過是個抱著管理者大腿的小狐狸精罷了，不足爲患，若是怕火車走了……我想一時半刻是走不了了。」

胡媚然的臉色變了變，「哦？」

「月台有人自殺，大約絞在火車輪下了。」冥主粲然一笑，「總得清理一下不是？」

「你到底有沒有把我這個新竹的管理者放在眼裡？」胡媚然勃然大怒。

「就算今天是陰曆十六，我的能力只有一半……」冥主冷冷一笑，「我也的確沒把妳放在眼底。」他英俊的臉孔沉了下來，顯得分外猙獰，「妳若去把那兩個人帶來，我既往不咎。」

「有種就走出大門去！」胡媚然霍然站起。

「在妳門內，照樣把妳們滅得乾乾淨淨！」

冥主雙手箕張，「呼」的一聲，十指成爪如利刃，就要插進胡媚然的身體裡，這著實在太快，胡媚然滾身逃開，在她身後的一個艷鬼卻走脫不及，只一擊就被撕裂成碎片，慘呼著被冥主吸入體內。

舔了舔艷紅的嘴唇，冥主意猶未盡地笑了笑，「味道不錯，可惜脂粉味濃了些。」

「小小！」胡媚然大怒，「你欺人太甚！」

「沒錯，我就是欺妳這狐媚子。」他眼神一冷，「去帶他們回來，不然我把妳旗下的艷鬼吃個乾乾淨淨！」

「我若聽你威脅，我就不姓胡！」胡媚然拋出滿天密密麻麻的針雨，卻被冥主一口吸掉。

「再來啊！」他冷笑著上前，「我餓得很，妳捨得用妖氣佈針雨，我也不客氣地享用了。」

小倩只覺得眼一花，原本站得遠遠的她，突然被瞬移到冥主的懷裡，他獰笑著，「聽說妳最疼這個鬼婆子？」他掐住不能動彈、滿臉驚懼的小倩，嗅了嗅她的粉頸，「好香啊，我又餓了，餓了好久好久……」

「慢著！」胡媚然大叫，額頭滴下一滴冷汗。

雖然她嘴巴惡，看起來像是逼迫這群艷鬼賣身，事實上，她的心腸再

軟也不過了。紅顏多薄命，這批艷鬼比尋常女子更多三分愁怨，以至於不能轉世，備受欺凌。

她收了這群艷鬼，又教她們如何採補而不傷人，也就是份不忍心。這些女孩兒跟她這麼久了，早比自己族人還親，怎麼能夠看著她們魂飛魄散呢？

「姥姥……」小倩害怕到全身顫抖，卻還是勇敢地抬起臉，道：「別、別那樣，他們才剛圓房……活著很好，很好很好啊！我到死了才知道活著有多好，別傷害他們好嗎？」

「有妳說話的餘地嗎？賤人！」冥主臉色一變，「呼」的一掌過去，幾乎打碎了小倩半張臉。

「我跟你拚了！」

胡媚然渾身冒出青色的火苗，準備來個玉石俱焚，突然，「嗡」的一聲，擺在櫃台的電腦，居然無電自通，開機了。

「別礙我的事！」冥主想要打碎電腦，卻被強大的結界彈開來。

只見螢幕隨著開機，進入作業系統，緩緩的出現一個清秀少女的臉龐，她透過螢幕，冉冉出現在這家幽暗的旅社大廳裡。

「我是管理者的管家，我叫得慕。」她溫柔的笑一下，臉龐的酒渦忽隱忽現。

「這裡不是都城。」冥主瞇細了眼睛，卻藏不住兇光。

「的確不是，本來也不該插手。」得慕沉吟了一下，「只是封天以後，巫女和前巫女後代引起很多妖異的騷動，影響到都城了。就兩個人，這麼多妖異要，難保在您法力薄弱的時候，不會被別個捷足先登了，到時打仗呢？還是不打仗？管理者管呢？還是不管？」

若是其他時候，冥主絕對不會甘心罷手。但是此時正值月圓前後，他的法力最薄弱。雖說諸妖異中，他是少有的異數，妖力高強，還保有在世時的聰明智慧，可說是妖異中的王者。

但是面對貪婪的亡靈，他誰也不相信。

若是手段太強硬，此時對他是很不利的。畢竟這個該死的時代，電腦多得跟蟑螂一樣，而有特殊能力的都城管理者，透過電腦和網路線可以管理人魂妖異……想想，沒有必要兩敗俱傷。

「管理者的意思呢？」他冷冷地問。

「懇請諸位有意者至都城。」得慕深深的行了禮，語氣很是謙卑，「這兩個人類的命運，由『規則』來決定。」

規則？冥主皺起眉。就像人間有法律，三界內也有「規則」。妖異能夠侵害的，只有求生意志薄弱、有心求死的人，若是要依足「規則」，這兩個人不合格。

但是妖異也有妖異的辦法。

「規則很多，要依哪條？」他冷笑了一下，「就算我願依足規則，其他妖異呢？」

「這是我們該煩惱的，再說，這對您也是有利的。」得慕露出可愛的微笑，「其他妖異長者提議走『世間路』。」

冥主隱隱覺得不對，「不會天天月圓的。」

「若您不依，談判算破裂了。」得慕依舊溫柔的笑，「不過月圓還有三天才開始減弱，三天是可以產生很多變化的。」

他尋思了一會兒。哼，都城那群娘兒們眞有兩手！

「子時我會抵達都城。」他的語氣很冷漠，「希望不會太晚。」

「恭候大駕。」得慕點點頭，「胡夫人是管理者的朋友，請勿爲難。」

「有妳們這麼硬的靠山，我還有什麼戲唱？」他冷冷的隱入黑暗，「失陪了。」

等他離去，一班艷鬼都癱軟下來。

胡媚然大口大口地喘氣。剛剛眞的很險很險，她扶住小倩治傷，遲疑

地抬頭看得慕，「這樣好嗎？」

這位身形隱約蕩漾的少女困擾地皺眉，沉吟了好一會兒，「或許也只能這樣了。」

第八章

滿心忐忑地搭火車到台北，才剛下車，檀茵和伯安呆了呆。

奶奶居然來接他們，身邊還跟隨著一個隱約蕩漾的白影。

「奶奶！」伯安緊張地將奶奶往身後塞，「有什麼事情對我們說就是了，跟我奶奶沒有關係……」

「別緊張。」那白影幻化為少女，「我是都城管理者的管家得慕，奉命來引導你們的。」

奶奶安慰地拍拍伯安，「沒事的，先回家再說吧！」

坐在奶奶的車上，伯安還是莫名其妙，「奶奶，妳怎麼知道我們今天會……」

「我知道呢，我還知道很多你們不知道的。」奶奶滿面愁容，「封天了啊，我年老了，倒是逃過一劫，你們這些孩子怎麼辦好？」她悶悶的發動車子，載著他們往家裡去了。

在屋裡坐定，奶奶垂首想要怎麼開口，得慕卻先笑了笑，道：「我來說明好了。封天之前，哪吒大人要你們先來都城避難吧？」

檀茵愣了一下，「是。」哪吒是提過管理者的。之前她也聽過衆神談論，都城有個身爲人類，卻運用網路和電腦管理三界衆生的人物。

「衆神都高估了管理者的能力了。」得慕輕輕嘆了一聲，悲憫的神情像是籠著溫柔的光，「封天之後，去了妖異的天敵，要維持都城的秩序就已經不容易了，加上爲了爭奪你們兩個發生了多起騷動，要管理者以一己之力保你們平安，實在有困難。」

天下之大，難道沒有他們容身之處？伯安感到一陣憤怒，「難道我們就得坐以待斃？其他人呢？跟我們相當資質的其他人呢？」

「這也是我要跟你們談的。」得慕低頭整理一下思緒，「管理者和妖異的諸長老達成協議，其他地區她不管也管不了，但是這片小島上的神媒與巫女，都透過『規則』來決定他們的命運。」

「這裡有多少神媒和巫女？」檀茵問。

「就你們兩個。」

他們沉默了。良久，伯安才開口：「那麼，『規則』是什麼？」

「不要想得太嚴肅。」得慕安慰他們，「不過就是段旅程，通過某些考驗。當然，你們可以拒絕，我們能給的協助一定給，但是恐怕要有終生戰鬥的準備。如果希望將來如平常人般平安，請考慮我們的提議如何？」

伯安望了望檀茵，發現她眼睛底下有著疲憊的黑眼圈。不能的，檀茵受不了這種充滿恐懼的生活，他也不願意讓檀茵過著惡夢連連的日子！

「怎樣的旅程？」

得慕柔柔的一笑，「請跟我來。」

奶奶點點頭，「別怕，我會跟著你們。來吧！來爺爺的書房。」她打開書房，一台電腦已經開機，螢幕靜靜的跑著螢幕保護程式。

「請放鬆。」得慕示意他們坐在沙發上，「放鬆就是了。」

在她嬌柔的嗓音中，有股力量令人昏昏欲睡，他們注視著得慕的眼睛，隱隱的像是有無盡的星光閃爍明滅、旋轉、聚合……

一晃神，警醒的時候，已經不是書房了。只見一面巨大的玻璃，可以看到書房的情形，奶奶和他們都在沙發上闔眼，像是睡著了，然而他們現在所在的地方，天花板和地板都消失了，只見到無限的光流不斷的快速移動，像是身在銀河之中。

「這裡是？」伯安目瞪口呆，回頭看奶奶，卻大吃一驚。已經遲暮的奶奶居然恢復了少女模樣，只有那雙眼睛擁有熟悉的慈愛。

「我是奶奶啦！」回復青春年少的奶奶苦笑著搖手，「我們身在網路傳輸中，在管理者的世界裡，意志力和想像力決定容顏。」

「奶奶。」檀茵反而比伯安更早鎮定下來，「我說不清楚……雖然不瞭解，但是我明白……哎哎，然後呢？我們要去哪裡？」

「這裡。」得慕手中像是舉著星光，「別擔憂，過來吧！我已經控制了網路流，不會太顛簸。」

除了他們所在的虛無，身邊的光流像是怒濤般飛快奔馳，他們像是坐在無形的小舟上，破開光亮的浪，往未知的彼岸前進。

飛逝的光流發出尖銳的破空聲，這是很奇特，也很難以相信的經歷。

「我在作夢嗎？」伯安低聲問自己。

「算是，也不算是。」得慕溫柔地笑笑，星光在她掌心聚散，最後呼嘯幻滅。

伯安和檀茵揉了揉眼，發現他們來到一個廣大的會議廳。

高廣的天空閃爍雷火極光，深幽的藍接近黑，奇異的，大圓桌坐了數十個人居然不顯擁擠，在首位的，是個戴著羽毛面具，嘴角噙著冷淡的

笑，光裸的手臂上滿是沉重珠鍊的奇異女子。

說不上她是美還是不美，這個用意志力和想像力決定容貌外型的世界，居然說不上她的長相。

只是有股奇異的壓迫感和敬畏衍生，在座的似乎都是厲害角色，卻只能屈居在她之下。

檀茵微微的屈了屈膝，「管理者大人。」

戴羽毛面具的女子只是擺了擺手，「沒有什麼大人，歡迎參加我們的會議。請坐，各位客人，有什麼不懂的，儘管詢問得慕。」

他們謹慎地坐下來，除了管理者和得慕以外，周遭貪婪至極的目光，他們很熟悉，不約而同地嚥了嚥口水，不禁往得慕的方向靠了靠。

會議開始了，大半的內容都聽不懂，只見有人咆哮有人嘶吼，但是管理者只是冷冷的回答。

得慕對他們笑笑，「別擔心，他們只是虛張聲勢。在管理者的世界裡，你們很安全，這個會議只是做做樣子，給這些妖異長老滿足一下發表慾而已。」她輕笑了一下，「畢竟沒什麼機會可以對著管理者大吼大叫的。」

看著得慕信心滿滿的模樣，不知道爲什麼，檀茵和伯安稍微安心了些。

「他們到底要我們做什麼？」檀茵困惑了，「他們也需要巫女傳達？這不合理呀！」

「他們不需要你們傳達。」得慕安靜了一下，「他們需要你們年輕健康又純淨的靈魂和身體。簡單地說，他們要一個『人生』。」

「人生？這要來作什麼？」這下換伯安困惑了。

得慕猛然轉頭，「人生要來作什麼？哈哈哈～～」她笑了，卻很苦澀，「也對，還活著的人不知道『人生』有多麼珍貴。」

她的眼神迷離而遙遠，「對人魂和妖異來說，幻化爲人形不難，難的

是人生。試想看看，你失去了所有的感官，任何食物入口都宛如沙土，沒有任何滋味；觸摸不再有愉悅，聞不到花香，感受不到任何感動，不會冷也不會熱，沒有痛但也沒有舒適，甚至連睡眠都失去了，美妙和恐怖的夢境都只有很少數的衆生才能殘留的稀有珍貴……」

她的聲音愈來愈低，愈來愈低，「所有的一切都漸漸模糊，隨著生時的記憶薄弱，一切也漸漸消失，只有無盡的黑暗，理智卻是清醒的。」

「這才是眞正的地獄吧！」伯安不禁毛骨悚然。

「沒錯，這才是眞正的地獄。」得慕很同意，「魔界根本算不得地獄呢！如果可以……」她警覺的住了口。若是可以，她是多麼希望自己還活著。

但是，她在管理者的世界有什麼不滿嗎？沒有的，沒有的，人總要失去什麼，才會獲得什麼。

「我岔太遠了。」她恢復甜蜜溫柔的笑容，「妖異和人魂不同的是，人魂可以無限轉生，無罪純潔的人魂會被迎接上天，罪惡深重的人魂會被迎接到魔界。除此之外，人類還可以因爲修煉而成爲仙、神、魔，擁有無限選擇權，但是妖異不能。」

「有些妖異是變質腐敗的人魂，有些又是被褫奪了肉體空留妖魄的魔，可以存在一段很長的時間，但是對更漫長廣大的時間流來說，也只是霎那就消滅的短暫。如果不想面臨眞正的幻滅，就只好尋找一個乾淨的『容器』，從人生開始。」

「我們不是容器！」檀茵懼極反而憤怒了，「我們只是剛好有這種體質，人生屬於我們自己的，不是別人想要就可以拿走！我……」

「就是這種志氣。」得慕鼓勵地笑了笑，「所以才要你們通過考驗，保住自己的人生。自己的一切，還是要自己守護，不用靠縹緲的神，也不需要靠難信的魔，只有自己，才可以掌握自己的命運。」

他們這邊的談話未了，會議已經接近尾聲。

「那麼，我們就這樣決定吧！」管理者淡淡地說，「既然決定走『世間路』，希望大家都能夠遵守約定。」

「我要加但書。」一直都冷眼旁觀的冥主開口了，他的眼神邪惡而閃爍，「我想，他們對自己的愛情也堅貞不移吧？」

管理者臉色變了，「我反對這條但書！」

「我沒有問妳，管理者！」冥主揚聲，「妳在本質上根本不是人類了，跳脫三界法則，妳跟我們妖異有何差別？同樣是天不管地不收的廢渣！別人怕妳，我冥主可不怕妳！願意跟妳協議，只是賣這魔性都城一個面子，可不是畏懼妳來著！」

管理者瞇細眼睛，望著這個無理囂張的冥主，「你可以試試看，我這『廢渣』的能耐。」

「何必動怒呢？兩位。」妖異長老出來打圓場，「要過這試煉的，既不是管理者，也不是冥主，我們這些不相干的打起來算什麼？還不如問問當事人的意見吧！」

管理者不怒反笑，「冥主，你可知道雷神去職之後，在人間當起偶像歌星了？」

「哦？」冥主暗暗警覺，莫非她仰仗有個神人可當後援？呸，雖然妖異懼神，但是一個墮落的天神能幹嘛？他這個妖異之主可不是當假的！

「我看你和長老好個一搭一唱，黑臉白臉演得極好，考不考慮去當個演員什麼的？說不定明年奧斯卡金像獎的男主角男配角你們就有份了，說不定女主角女配角也有份呢！」她惡意地冷笑起來。

「妳欺人太甚了！管理者。」所有的妖異統統站了起來。

只見她身形不動，只是將殺氣逼將出來，那威勢居然像是狂風般刮過整個會場，在場的妖異也鼓起妖力，和她的殺氣相碰撞，陣陣雷鳴，鬧得會議廳山搖地動……

「好了。」得慕輕輕鬆鬆的將兩道氣流隔開，只有她張開的結界平靜

無波。「都冷靜點好嗎？管理者，人家來者是客，這樣子別人會說我們地頭蛇強壓客人，不太好吧？」

管理者靜了靜，將威勢收了回去，「呿，偏妳愛管別人想什麼。」

「我倒是覺得，我們的立場本來就是中立的。」得慕溫柔地欠了欠身，倒消去了不少火藥味，「但書加不加，還是要看當事人。」

管理者冷哼一聲，卻沒再說什麼了。

冥主暗暗得意，他露出最和善的面容，「容器們……」

「我們有名有姓。」伯安無懼地看著他，他已經冷靜下來，怕是不會什麼用處的。「我是王伯安，這位是我的妻子，何檀茵。」

「是是。」冥主趕緊道歉，「是我失禮了。王先生、王太太，你們對自己的愛情有信心吧？」

「那是當然的。」他們異口同聲。

「所謂世間路，就是請你們走一遭自己的人生罷了。只要你們都沒在這段人生尋死，那就算你們贏了。」他的眼神狡獪地閃了閃，「但是這樣輕易的贏，不是很沒趣嗎？」

伯安和檀茵警戒地握緊手，「不然呢？」

「再加上你們的愛情如何？除了不能自殺，你們的愛情也須活到最後，不能腐敗。」

他們對望了一眼，知道逃無可逃。這是自己的命運，若是想過平靜的生活，這一仗，得靠自己挺過去。

「好。」

管理者站了起來，「他們什麼也不懂……」

「當事人都說好了，管理者妳沒有立場再說什麼！」冥主咆哮起來。

「你有但書，我也要加但書！」管理者嚴厲地說，「『南柯一夢，黃粱飯熟』，這個世間路不能沒完沒了。」

冥主沉吟了一會兒，輕笑起來，「各退一步也行，但是，黃粱飯由我

們這邊提供。舒祈，我可沒那麼傻，這是妳的世界，我不會給妳作弊的機會！」

「哼哼，誰作弊還不知道呢。」舒祈冷冷一笑，「起灶吧！」

冥主揚手，只見會議桌憑空出現了個烈火熊熊的大灶。

「織者進來。」管理者淡淡地吩咐，「得慕，帶他們準備一下。」

得慕應了一聲，領著伯安和檀茵站起來。

「什麼是『南柯一夢，黃粱飯熟』？」伯安有點不安，追著得慕問。

「用煮黃粱飯的時間計時，這樣你們受考驗的時間就會縮短許多了。」

得慕安撫他們，「別擔心，這一切，都只是夢境而已，當然，妖異們會使出渾身解數影響你們的夢。請你們一定要相信自己、相信對方，還有，要記住，活著是多麼珍貴的禮物。」

他們默默跟在得慕後面，而離會議桌有段距離的地方，一個眼神迷離的織娘，已經在織布機前面待命了。

伯安瞥見檀茵的口袋微微發光，「這是？」

檀茵低頭看了看，微感訝異，伸手進去，掏出來的竟是個細緻的小香包。

「是老闆娘給的香包。」

爲什麼這個香包可以跟到這裡來？伯安疑惑地接過香包，倒在掌心——是一小撮純淨的粉末。

「鹽？」他和檀茵都沾了沾，大惑不解。

背對著他們的得慕微微笑了笑，卻沒有吭聲。「來，在這裡，你們都是人魂，所以沒有作夢的能力，只能靠織者紡織夢境。不要忘記我的話。」

他們緊張地握緊雙手。

她纖白的手抬了起來，在暗黝中閃著瑩瑩的柔光，「起梭。」

織娘開始投梭，在軋軋的紡織聲中，他們漸漸的恍惚了……

第九章

「嚇！」伯安彈了起來，「檀茵？檀茵！妳在哪裡？試煉呢？已經試煉完了嗎？」

「老公，你怎麼了？」窗邊一張模糊的笑容，讓伯安忍不住瞇了眼，「怎麼？睡迷糊了？上班時間到囉！」

上班？他有點糊塗，卻覺得回憶似乎有些朦朧，「去診所嗎？」

檀茵溫柔地對他笑笑，拿出西裝和領帶，「今天不是要去仁愛醫院？你跟劉醫生約好了不是？」

「仁愛醫院？我去仁愛醫院做什麼？」他更迷糊了，「我幾時到仁愛醫院當醫生了？」

檀茵張大眼睛，低下頭，「老公，你還在作夢呀？過去的事情不要提了，你早就不是醫生了。」

「我當然還是醫生啦！我們不是在竹路鎮有個小診所嗎？」

她抬頭，眼眶含著淚，卻對他鼓勵地笑著，「因爲意外，所以……老公啊，沒關係的，你在製藥廠上班也上得好好的呀，過去的事情不要想了。」

「意外？過去？檀茵妳才是迷糊了……」他突然腦門一痛，想起了那段椎心刺骨的回憶。

是了。竹路小學集體食物中毒，他卻用錯了藥，害死了六個孩子，還有兩個成了植物人，診所因此關閉，他再也當不上醫生了。

這冷冰冰的事實掐緊了他的心臟。當時的悔恨、痛苦、不敢相信，連帶而來的官司和無盡的屈辱，病家抬棺抗議和痛哭……因爲這樣，他和檀茵才搬離了那個小鎮，來到這個污濁的都市。

「別想那些了。」檀茵勉強地笑，「老公，我早餐做好了，來吃飯吧！」

惱怒的伯安用力甩開她的手，心裡卻竄過一陣迷惘。他爲什麼這樣對待檀茵呢？

但是迷惘很快的消散了。都是她的錯！當初就是爲了她的幻聽幻覺心力交瘁，他才會大意弄錯了藥，造成人生中無法磨滅的污點！他的人生就是因爲這個有神經病的女人，才開始變得亂七八糟的。

但願永遠都不曾認識她！

「別碰我！」他怒氣高漲地穿上衣服，沉著臉走出臥室。

檀茵受傷的眼神讓他有些心虛，卻也有種出氣的快感。

早餐很豐盛，找不出什麼碴，他默默地坐下來吃，有個陌生的孩子坐下來，卻讓他愣了一下。

他是誰？伯安拍了拍腦袋，大概眞的是睡太多了——他不就是他引以

爲傲的兒子嗎？

「明智，趕緊吃飯，爸爸帶你去上學。」

孩子卻冷漠地看他一眼，推了推眼鏡，繼續低頭看參考書，「不用了，坐你那輛破車我反而沒面子。」

「明智，你怎麼這樣跟爸爸講話？」檀茵罵他。

孩子忿忿的將碗盤一推，「你們知不知道我在外面競爭很辛苦啊？我沒要求他換車就不錯了！你們大人沒有能力就別開口了，我又沒要你們生下我！」他脾氣很大地將書包一揹，「碰」的一聲把大門摔上。

覺得難堪的伯安大罵：「妳看妳怎麼教小孩的？眞是沒用的女人！」他也把碗盤一推，摔門走人。

檀茵怔怔地癱了下來，眼淚緩緩地流下臉頰……

他爲什麼要這樣對待檀茵呢?伯安困惑了一下下。剛剛吃的早餐讓他很不舒服,好像沒什麼味道,是欠了什麼呢?

他在打卡時還一直呆想這個問題。

「怎麼?在發呆?」突然,一個陌生的嬌軀貼在他背後,輕輕地咬了咬他的耳朵。

他慌張的將那女人推開,有種厭惡突然湧上來。

「你幹嘛那麼大力?」嬌艷的女人滿眼哀怨,「討厭欸,到手了就不珍惜,果然男人的甜言蜜語聽不得。」

她……是誰?他的厭惡只持續了一下子,隨即想起:咦?她不就是會計部的同事嬌容?當然,也是他的情人。

「我只是嚇一跳。」他不安地看看左右,「別這樣,被別人看到就不好了。」

「還有誰不知道?」嬌容吃吃地笑,「也就剩你那黃臉婆不知道而

已。」

他也跟著笑，心裡說不出的不舒服。

「你今天要去仁愛醫院出差對不對？」嬌容吐氣如蘭，「等你跟劉醫生說完話，附近有間不錯的賓館……」

「上班時間不好吧？」他漫應。

「現在又假正經了？」嬌容咯咯笑著搥他，「我在醫院門口等你喲。」

她的眼中帶著放蕩和邪惡，卻是很誘惑的邪惡，「想那麼多幹什麼？當下快樂就好，什麼都不用去想，墮落有著無比的快感……」

是啊，墮落是有吸毒般的快感，反正人生已經一團糟了。

「王伯安！你要聊天聊到什麼時候？」課長兇狠的罵他，「你的款項到底收到哪兒去了？還不趕緊交出來！」

錢？啊，他交給嬌容挪用了。只借個幾天買賣股票，很快就會還了……吧？

「唷，課長，火氣那麼大幹嘛？」嬌容使了個媚眼，親熱的抱住課長的胳臂，「我泡茶給您喝好嗎？」她眨了眨眼，示意伯安快走。

事跡不會敗露吧？他和嬌容挪用公款的事情……

伯安忐忑地到了仁愛醫院，不管是醫生還是護士，對他的眼神都是鄙夷與嘲笑。

很難堪，非常難堪，但是他連實習護士都得卑躬屈膝，因爲這就是他的工作，爲什麼會變成這樣？

爲什麼呢？

❧ ❧ ❧

好像有點怪怪的。

正在做午飯的檀茵呆呆地想。她伸手在流理台茫然地摸了一遍，卻不知道自己要摸什麼。

一種東西。一種很重要的東西……

但是她想不出來是什麼，只能一味地苦惱著，撥著盤中的食物，她突然覺得很難吃，大概是感冒，所以吃不出滋味吧！

她興味索然地將食物倒掉，振作精神準備去洗衣服，她拿著伯安的衣服，發現伯安的衣服口袋似乎有東西，她掏出來，是一疊照片。

他跟一個艷麗的女人的……裸照，非常不堪入目。

檀茵的臉褪得沒有一絲血色。不可能的！伯安不會這樣的！這怎麼可能？

都是妳這個神經病！都是妳害我的！她腦海突然出現這樣的回憶，回憶裡的伯安氣急敗壞地拉住她的頭髮，不斷的踢打，就是因爲妳的病，所以我才會犯下這樣的大錯，都是妳的錯～～

不不不，她也不願意有幻聽幻覺，她已經好多年沒有發生了，沒有了！不不不～～

冷不防，她手裡的照片被一把抽起，她想搶回來，但是她的小孩明智已經看到了。

「你應該在學校的！」她用力搶回來，「爲什麼突然跑回家？你逃學是不是？是不是？」

明智滿臉是淚和傷痕，「爸爸不要妳了，因爲妳是神經病！」他憤怒的揮舞拳頭，「同學笑我是神經病的小孩，排擠我！一切都是妳的錯，妳的錯！妳爲什麼不去死一死？爲什麼不去死？妳生下我做什麼？生下我做什麼?!」

他一把拉開衣服，「妳看！就是因爲妳，害我被打得這麼慘，妳爲什麼要生下我？害我天天被欺負！爲什麼要生下我～～」

「你給我住口！」檀茵憤怒地給了他一個耳光，明智被打得往後跌，腦門重重的敲在桌角上，張著眼睛倒下，居然氣絕了。

她……她居然殺了自己的孩子！她顫抖地抱起死去的明智，邪穢的照

片撒了一地，像是在嘲笑她。

「我爲什麼不去死一死？」她的淚蜿蜒過沒有表情的臉，「爲什麼不去死一死？」跌跌撞撞的，她搭了電梯到了頂樓。

頂樓的風好大好大，她脫了鞋子，顫巍巍的站在圍牆上，就要跳下去的那一刻，她突然困惑地想著——這裡到底是哪裡？她爲什麼要站在這裡？什麼是現實，又什麼是虛幻呢？她突然不懂起來。

這裡的一切，都是那麼的陌生。她其實不認識這一切景物。

伯安眞的那樣對待過她嗎？爲什麼她「記得」，卻沒有實感呢？有種失去的滋味，她想不起來，那是很重要很重要的滋味……

風吹得她的嘴唇乾裂，她忍不住舔了舔嘴唇，一粒小小的、像是砂礫的東西，卻在舌尖爆裂開來。

「是鹽。」她喃喃地說。

鹽……香包……她和伯安一起嚐了那一小撮鹽，眞正的記憶蔓延開

來，清洗了虛偽。

「這一切，都不是真的！」她大叫，冷不防卻被一隻手抓住腳踝。滿臉鮮血的明智獰笑著，硬將她往下扯，「太遲了。」

「伯安！」她的聲音讓獵獵狂風吹散了，顯得那樣的無助。

❧ ❧ ❧

伯安在充滿淫靡氣息的賓館房間裡抬頭，像是聽到了無聲的吶喊。

他在做什麼？他突然非常厭惡的從床上翻身起來，已經半裸的嬌容不滿地叫著：「喂，你怎麼這樣？把人家的火撩上來了突然撤退，你是不是男人啊？」

「我今天沒心情。」他說不出的心慌，迅速地將衣服穿上。

「別這樣……」嬌容從背後抱住他，「我們可是共犯呢，不管是對婚姻，還是工作，都是墮落的罪犯……」

「我和妳不同。」他突然一陣陣的頭痛起來，強烈的香水味道讓他作嘔……還是淡然沒有滋味的午餐作祟？

「我們沒有任何不同。」嬌容的手指像是靈活的蛇，侵入他的襯衫裡頭。

令人昏沉的濃烈香氣……他神智漸漸的昏迷，有一種滋味，一種很重要的滋味，他一定要想起來，那是非常重要的……

他呼吸粗喘起來，心慌得乾渴起來，一個就在舌尖的名詞……他忍不住舔了舔嘴唇。

味蕾瞬間覺醒。「是鹽……」

鹽、香包、試煉……檀茵。

「這一切都不是眞的！」他吼叫起來。

「太遲了！」嬌容的手腳都化爲巨蛇，將他牢牢的纏住，「來吧，墮落自然有其快感存在……」

伯安拚命掙扎，只見一個小小的香包掉在地上，他伸手去拿，卻被蛇女一把拍去那個香包，只聽蛇女慘叫一聲，香包飛撒出來的淨鹽像是強酸一般腐蝕了她，並且一點一滴的由下往上腐蝕，只剩下腐臭的液體和一張皺巴巴的人皮。

「檀茵，檀茵！」他撿起香包，「天啊，那一切都不是眞的……檀茵！」

因爲不是眞的，所以，他應該想做什麼都行吧？「走開！我沒邀請你們進入我的夢境，你們不能夠進來！」

他的怒吼像是一記雷鳴，整個世界因此崩塌毀壞，片片段段的粉碎、頹圮，他的意念像是一陣狂風，吹拂過整個惡夢。

等他睜開眼睛，發現他已經抓住差點墜落樓的檀茵。

「試煉過不過不要緊。」他大大地呼出一口氣，欣慰的眼淚從他的臉頰滑到檀茵的臉頰，「我只想跟妳在一起……只要這樣就好了。」他的身

體被檀茵的重量往下拖了一點。

「但我不要你死。」檀茵的淚和他的混在一起，「我怕我是逃不過了，放開我吧……」

粉碎一切妖異，卻粉碎不了抓住她腳踝的冥主。冥主表情猙獰的往上抬頭一笑，「你來不及了。最少，她是我的。」

「你、別、想！」伯安怒吼，將手裡的香袋拋在冥主的臉上，「她才是我的！」

剩下的淨鹽都撒在冥主臉上，淒慘的呼痛聲簡直要毀滅整個夢境，伯安只能將檀茵緊緊的抱住，抵禦恐怖的疾風……

❧ ❧ ❧

「黃粱飯熟，南柯夢醒。」冷冷的女音敲碎了夢境，伯安和檀茵同時驚醒，兩個人滿身大汗，像是從水裡撈出來一樣，顫抖著抱在一起。

「妳違反規則！」狼狽不堪的冥主跳起來，「黃粱飯還沒有熟……」

他放的是鐵籽，永遠也沒有熟的一天！

管理者舒祈冷笑一聲，掀開了鍋蓋，滿滿的黃粱飯冒著熱氣。「煮得不錯呀！」

冥主憤慨地抬頭，旋即冷笑一聲。他輕忽了，這裡是管理者的電腦內，所有的物質都在她管轄下。「是呀，妳贏了這場試煉。」冥主點點頭，「但是，我贏了我的獎品。」

呼喝一聲，妖異長老們漫長的咒語終於唸完，張開一個結界，將管理者和得慕排拒在結界之外，冥主發出勝利的狂笑，迅速撲向這對苦命小情侶……

一陣火光從檀茵的肚子飛了出來，撞在火壁上的冥主焦了頭爛了額，表情痛苦。

火光漸漸凝聚成一個小小的嬰孩，沒有開口卻用心念震動在場者的心

魂：「想對我的父母做什麼？」

「哪吒？」冥主憤怒到幾乎要發狂了，「這是作弊！這種規則不能夠被承認……」

「不管結果如何，你都不打算承認不是？」冷臉支頤的管理者站了起來，將手放在妖異結界，「在我的地盤上，你們很囂張嘛，難道你們不知道……」她全身冒出讓人盲目的金光，簡直要崩塌了整個會議廳，「在我的世界裡，我，就是律法。」

隨著她的話語，數十妖異長老處心積慮暗暗佈置的超強結界，就像是脆弱的白紙遇到火舌，更震得諸妖異片片碎裂，慘叫著隨著狂風飛捲而去。

連冥主都不例外。只聽他憤怒地慘呼：「奸詐狡猾的人類，我會回來的～～」

他碎裂成千百片碎片，其中有一片飛到奶奶的掌心。化身爲少女的

她，只是意味深長的一笑，悄悄遞給伯安，小聲的交代：「收好。」

其他的人都裝作沒看到，伯安雖然有些遲疑，還是將那片宛如水晶的碎片收進香包裡。

管理者拍拍手，「搞定，收工。」

得慕忍不住掩嘴笑了起來，「他說他會回來耶，眞可愛。」

「是會回來呀！」管理者支著下巴，「花個幾千年拼圖，大約回得來，加油啊！可惜那時候大家都不在了，物是人非呀……」

「舒祈，妳好壞心眼。」

「沒辦法。」她終於露出眞正的笑容，「因爲我是奸詐狡猾的人類。」

❦ ❦ ❦

等得慕送他們回去以後，清醒過來的伯安和檀茵發呆了很久。

「奶奶？奶奶！」檀茵搖著奶奶，發現她還在沉睡中。

「別擔心，她遇到老朋友了。」得慕好脾氣的笑笑，「希望你們有心理準備……」

伯安默然了好一會兒，「奶奶會看到曾孫出生嗎？」

「會的。」得慕安慰他們，「如果沒有其他的事情，那我就先……」

「能夠告訴我，要怎麼在電腦裡開檔案夾嗎？」伯安提出這樣異想天開的要求。

「開啓新檔案就好了。」他到底想做啥呀？

「不，我只是想知道，管理者是怎麼用網路和電腦管理妖異的，還有你們使用的是哪個作業軟體？防火牆有需要嗎？要多少頻寬才夠用？」

「……」

第十章

六年後，竹路鎮。

依舊平靜的小鎮，乩童還是一樣的多，香火一樣的鼎盛，卻也沒人發現封天的事實。

那家小診所依舊在，每天固定從早上六點開到晚上六點。

「我全身都痛，特別是肩膀痛得要命。」老婆婆不斷抱怨，「醫生啊，我是不是得了癌症？」

伯安笑笑地推了推眼鏡，覷了覷老婆婆的肩膀，「阿婆，妳只是壓力比較大而已，我保證沒有癌症啦！」

「壓力大？對啊，你都不知道我那個媳婦喔……」她開始長篇大論說

起婆婆媽媽經。

伯安一直微笑著聽，輕輕地拍了拍她的肩膀，「放輕鬆點。慢慢說，我在聽。」

醫生眞是個好人！比她的兒子媳婦都好多了。

和老婆婆的想法不大一樣的，是趴在她肩膀上的妖異。它恐懼又憤怒的威嚇伯安，發出蛇一般的嘶嘶聲。

這個人類不是什麼好東西！聽說他專門收妖異，進了他的門就再也出不來了！雖然他這樣可口，是這樣上好的容器，但是礙於規則，它沒辦法對他下手。

這個斯文的醫生擦了擦眼鏡，「不要緊的，阿婆，我開個藥給妳吃。不管什麼時候……」他按住阿婆肩膀……上的妖異，「歡迎『你』來。」

妖異愣了一下，瞳孔急速的收縮。他邀請了！他居然邀請了它！

被狂喜沖昏頭的妖異飛快的侵入伯安的身體，卻又被一股強大的力量吸引出去，等妖異清醒了，發現它居然被封進醫生桌上那台該死的電腦裡了！

「放我出去！放我出去！」妖異怒吼著，「你這狡猾奸詐的人類～～」

伯安只是微笑著，沒有理他，繼續耐著性子聽老婆婆說話。

「欸？我肩膀輕多了欸。」老婆婆驚喜地摸摸自己的肩膀，「醫生，你眞的好厲害，連藥都不用吃哩！」

「我不是說了嗎？」伯安笑咪咪的，「阿婆，妳只是壓力太大了。」

送走了婆婆，他掛出休診牌，電腦裡的妖異仍在大嚷大叫。

「冷靜點嘛！」他依舊是和藹的招牌笑容，「妖異先生，這樣是不行的。你需要住院一段時間，我想我的硬碟夠讓你休息一陣子。」

「下流無恥的人類！你憑什麼收我？放我出去～～」妖異不斷地搖晃著螢幕。

再砸了螢幕，可就賠多了。「小冥？小冥啊！」伯安敲敲螢幕，「別

鬧了，乖孩子。有新的病患了，趕緊把他收進去吧！」

「誰是小冥啊？」冥主氣得差點突破螢幕，「不要用那種口氣跟我說話！陰險狡詐下流無恥的人類！」

「欸，咱們好歹也有父子的緣分。當過我的孩子，永遠都是我親愛的小冥呀！」伯安氣定神閒地喝茶，「快把病患收進去吧！」

冥主的臉直接冒出火來，好不容易拼湊起來的俊臉又出現了斑斑裂痕，「我我我……我眞的會被你氣死！哇啊啊～～」

「一失足成千古恨。所以說，凡事都要三思而後行。」伯安居然很「慈父」地諄諄教誨起來。

「靠！」冥主暴跳如雷，「你不要以爲收著我的一片碎片就了不起了！我之所以還在這裡，是因爲要伺機奪走你的人生，總會有那麼一天的～～」

伯安拿起一個小玻璃瓶輕輕的晃了晃，冥主碎裂後的一小片碎片在裡頭閃閃發光，「我相信你有這本事的。讓管理者打碎，居然這麼快就聚合起來，很了不起呢，果然是我的兒子。」

「誰是你兒子？」冥主用最大的聲音吼出來。

伯安掏掏耳朵，「別忘了，你讓規則約束，是不能對我怎麼樣的，只要我沒邀請你。」

「反正你還有子子孫孫！我總是有機會的！」

眞令人讚歎的執著。「你想附在神體上？會很痛喔，你要知道你的弟弟是哪吒。」

冥主不禁語塞。妖異懼神，他也不想給自己找麻煩。「總之，你總會有其他的後代。」

「你覺得你弟弟會眼睜睜看著自己的弟弟妹妹讓你當點心嗎？」伯安很好心的提醒。

「他不是我弟弟，他不是我弟弟！」冥主氣得在地上打滾，「哇呀呀

～～氣死我了，氣死我了～～」

伯安把小玻璃瓶掛在脖子上，輕鬆的對冥主揮揮手，「我要下班回家了。記住呀，螢幕別摔破了，眞的摔破，我也只好拿你的碎片來補。」

「你……你……你威脅我！」生氣過度的冥主氣得碎成一地，忙著將自己拼起來，「你有種就別用我的碎片威脅我！」

「我很沒種呢！」伯安伸伸懶腰，「我是膽小怯懦又無用的人類，一切就麻煩你了，乖兒子。」

不顧冥主怒氣沖天的吵鬧，他笑著離開診所，一路跟人打招呼，不管是看得見的，還是看不見的。

他想起六年前，得慕臨別前說的話：「其實，用電腦管理妖異人魂是很危險的。既然哪吒放棄神位來當你們的孩子，只要你們徹底拒絕相信妖異的存在，就可以拒絕妖異的煩擾。」

他當時是這樣回答的：「如果世界上的所有人都只能看到黑白兩色，

對於其他顏色自然無法想像。我們也只是恰好看得到所有顏色罷了，我並不想否定眞實，即使我的眞實和其他人的眞實不太一樣。」

這麼多年，他倒是沒有後悔過。或許「絕對否定」可以解決別人的問題，卻不是他選擇的方式。

他和檀茵已經適應了，還適應得很好。

進門的時候，檀茵正在替神壇上的香爐上香，這是她每天的習慣，依舊溫柔的「承認」所有留在人間的陰神。因爲這點香火，所以陰神們尙可留存人間。

他和檀茵擁抱了一下，「今天有什麼事情嗎？」

「沒什麼特別的。」檀茵微笑著，「只是上個禮拜往生的王奶奶來抱怨，說天堂的班機嚴重誤點，害她現在無聊得要死，我請她來家裡小住幾天……」

她話還沒說完，突地響起一聲憤怒的尖叫，一個衣衫不整的小小孩從

浴室衝出來，「就跟你們說過了，別把家裡搞得跟鬼屋一樣！是怎樣？洗個澡也得被偷窺，這屋子到底還能不能住人啊？」

「哪吒，說話要像小孩子一點。」檀茵很嫻熟的彈了彈他的額頭，「不可以對王奶奶沒禮貌。」

「哇靠，檀茵妳怎麼老彈我的頭？」他抱著腦袋逃開，「本駕幹嘛尊重一個老鬼……」

「叫媽媽！誰讓你叫我的名字了？」

「不可以說髒話！都要上幼稚園了，還不規矩點！」

他的父母很合作地一起斥責他。

喂！他們到底有沒有搞清楚狀況啊？「吾乃上天親冊中營神將、哪吒三太子是也！上知天文下知地理，爲什麼我要去幼稚園跟一群流鼻涕的死小鬼鬼混？你們到底是有沒有把我放在眼裡啊～～」

「你是我們的孩子！」這對父母一向都是很齊心的，「叫你去你就去！不然不准你看東森幼幼台，沒收你所有的玩具！」

可惱啊，這不但是漠視人權，還漠視神權啊～～

「當你們的孩子真是倒楣到家了！」

❧　❧　❧

雖然一肚子氣，哪吒還是板著臉讓父母親拖到幼稚園去了。

看著這對笨蛋父母又是打躬又是作揖地要老師多關照，雖然氣悶，還是有那麼丁點感動啦！

只是開學第一天，一大群小鬼一起大哭大鬧，他混在裡面覺得很沒力而已。

「小朋友，你們看，王哪吒和潘湘雲都沒哭欸，我們學他們一樣勇敢好不好？」老師盡力在哄這群哭鬧的小小孩。

哪吒不耐煩地看了一眼。那個小女孩不是不哭，而是嚇得哭不出來。

只見她眨著大大的眼睛，強忍住淚水，不去看牆角蹲伏著的妖異。

眞麻煩。他以爲那對笨蛋父母已經是最後的神媒和巫女了，怎麼又冒出一個？他可不要多管閒事了。

就是一時不忍心，多管了閒事，結果呢？結果呢?!他現在若想回天庭，除非是用這人身拚死修煉了啦！

根本沒人瞭解他的犧牲，這對笨蛋父母只會威脅不給他看幼幼台和扣留玩具，眞是有沒有天理啊～～

說是這樣說，他還是留意了那些妖異。階等太低的妖異沒神智理性，只剩下本能，連懼神都沒學會，自然也不太怕他，眞是！

直到放學，那個小女孩在門口躊躇不敢前進，一干妖異虎視眈眈地垂涎著。

「妳媽媽呢？」哪吒實在看不下去了，很老氣橫秋地問她。

湘雲眨了眨大眼睛，試著不讓眼淚流下來，「我家就是學校對面的便利商店，媽媽要我自己回家。」

「他們不存在啦，妳愈怕他們愈高興。」人類眞是笨到有剩。

「你也看到了？」她終於放心地哭出來，「媽媽都說我說謊，但是他們明明就在那邊……」

受不了。他頭痛地拍拍額頭，「手來啦！」他粗魯地握住湘雲的手，「我帶妳過去啦！」

「他們會撲上來，我會發燒……媽媽說，我再亂說話、變得奇怪，她就要丟掉我……」湘雲害怕得一動也不敢動，「不要不要啦……」

一握她的手，天就陰了下來。眞是麻煩的體質啊！哪吒順手在地上撿了一根樹枝。

「有本駕在，怕什麼？」他堅決地牽起湘雲的手，「不要回頭看。」

每走一步，低等妖異就愈多，哪吒只是冷冷一笑，沒說什麼，走到便利商店，他終於明白爲何會這樣。

因為一踏入店門，就有自動語音的「歡迎光臨」，這不就是邀請妖異進門麼？

「你們搞清楚，這裡誰當家作主。」哪吒猛回頭，快速的拿起手上的樹枝在身後一劃，「我沒有邀請，你們不能夠進來。」

妖異們恐懼憤怒地尖叫，卻被困在門口的「歡迎光臨」和店內的界線中間，無盡迴圈徘徊著。

在小小的湘雲眼中，只覺得他好帥、好帥。

這個「好帥」的哪吒，回返天庭的道路，因此而更遙遙無期了。

不過，那又是另一個故事了。

這一日的竹路鎮，依舊平靜無事。水牛依舊在路上散步，伯伯騎的機車，還是比行人還慢，一切都跟以前一模一樣……

封不封天，都一樣。

都是一樣的。

作者的話

蝴蝶

其實寫《降臨》，並不完全是我的點子。有個朋友跟我說了五分鐘的故事，就成了前五章的主要架構。

當時聽了覺得很有意思，插嘴了幾個情節，愈想愈好笑，不知道為什麼，我就開始寫了。

現在想起來覺得這根本是個陰謀。我明明打算休息一陣子養養筆，但是朋友都覺得我太閒，不弄點事情給我做做不行，於是就變成這種樣子。

寫《降臨》的時候，我滿開心的。一來，我本來就喜歡這種都市奇幻的題材，二來，我的某些奇特經驗讓我對這種「裡世界」特別親切，

下筆寫來又順又快，套句好友愛倫說的話：「活像拉肚子一樣。」雖然有點啼笑皆非，但是滿貼切的。

說起來，我寫小說，說不定只是想看看別人的反應。我看到她的評語常常笑到前俯後仰，她說：「妳把我們這些朋友賣了，把三太子和關老爺、大聖仙拿來玩就算了，連X悅的浴室倒楣鬼都拿來賣……果真最大的妖異就是妳這隻妖怪投胎的大妖蝶！」

坦白說，我還真的很難否認。跟我認識的朋友都有種苦命的認知，一言一行都可能被錄到小說裡，無良作者可能送本書，連名都不簽，還非常沒天理的笑出眼淚。

幸好我安分守己，通常都龜在家裡不出門，是為「龜女」。讓我如穿花蝴蝶到處遊玩那還得了，那受害範圍可能又更廣了。

至於X悅的浴室倒楣鬼……沒錯，也是有文本的。

話說台北某星級X悅飯店，氣派非凡，大廳還有某大師書寫的大符，但經過一夜的「驚喜」之後，我開始懷疑某大師的功力。

某天，好朋友邀請我和某倫去X悦享受一下大飯店的氣氛。的確豪華，不但有乾溼分離的大浴室，還有個看電視用的小客廳，後面還有兩張床的臥室。

但是我進去房間，就有一種強烈的違和感，還有種很難形容的氣味。當時我只告訴自己，想太多，這可是大師加持過的飯店，不可能有什麼事情的啦！

一開始，倒還平靜，後來我去洗澡，就開始覺得有點不對勁了。

當時我的頭髮很長，但是洗澡一定都盤起來。淋浴之後，當然要享受那個豪華的大浴缸囉。

放滿了水，舒緩的躺進微微冒著熱氣的浴缸……真奇怪，明明在冒熱氣，為什麼水不熱呢？我不太甘心地開了熱水的水龍頭，試試溫度

——夭壽燙啊～～

但是很燙的水落了浴缸就冷了。

或許是我對大師的信心太足夠，所以勉強自己不去想。但有些事情，不是不去想就可以解決的。

躺在浴缸裡，水中開始出現飄飄的長頭髮，數量還越來越多。我摸了摸頭，頭髮還盤得整整齊齊，所以說，這不是我的頭髮囉？

我翹首無言望著天花板，不想去看那堆長頭髮底下有沒有眼睛，然後很乾扁的爬出微溫的浴缸。

其實，身體好不好跟靈異多不多剛好成反比。當時我的身體狀況已經好很多了，碰到這類「驚喜」的狀況越來越少，說真話，能夠不承認就不要承認了。

後來換某倫去洗澡，我看她毫無異狀，心裡很是安慰。毫無感應從某個角度來說，可以說是非常強悍的，我想也不會發生什麼怪事。

沒想到，我錯了。

當好朋友先去睡覺，我和某倫在小客廳抽菸聊天的時候，我聽到細小的聲音從通風口傳出來，抬頭一看——嗯，我跟某雙眼睛對了個正著，那細小的聲音還撂英文勒！

她說：「Give me life……Give me life……」還說了不只一次。

幸好我英文粉破，一下子反應不過來。結果我一面跟某倫聊天，一面注視著那雙眼睛，暗暗在心裡跟她講：「噯，我們只是借住，沒有惡意喔！這裡都是弱女子，女人何苦為難女人……」

我跟某倫聊了一會兒，忍不住問她浴缸水溫問題。沒想到，她也覺得水溫很低。

啊好，連毫無感應都沒效，現在我該不該奪門而出啊？我跟某倫說，嗯……我們遇到「驚喜」了，後來她大喊一聲：「Don't refuse me～～」

沒多久，好朋友突然從床的這一側滾到另一側，迷迷糊糊的爬起來

問：「誰推我？」

我跟某倫互視一眼，異口同聲地說：「妳應該是睡迷糊了，作夢啦！」

「我還沒完全睡著啊……」她含含糊糊地抱怨，然後又睡了。

當天我和某倫還是睡了，只是我請她睡在靠牆那邊。牆那邊不會比這邊安全，某倫沒感應，算是個很好的防火牆吧！

之後，我本來沒啥感覺。某天我在刷牙的時候，突然想起她說的英文，要命唷，我懂她的意思了！她的意思是——給我生命……給我生命……別拒絕我！

幸好我沒尾巴，不然一定蓬得跟松鼠一樣。

之所以會感到驚悚，實在是她的能力也強了點，我應該聽不見的欸，我也不懂英文欸，天啊！我不該瞪著她看的……

有些恐怖嗎？別害怕，也不是每個人都遇得到，或者遇到感覺得出來的。你也可以把這當作小說家言，作不得真。

別去凝視深淵。當你凝視深淵的時候，深淵也會凝視過來。

（我真是壞心，好愛嚇人唷～～）

國家圖書館出版品預行編目資料

降臨／蝴蝶著.--初版--台北市：春光出版：
家庭傳媒城邦分公司發行；2007 (民96)
面；　　公分.--
ISBN 978-986-6822-38-4（平裝）
857.7　　　　96018395

降臨

作　　者／蝴　蝶
企畫選書人／黃淑貞
責 任 編 輯／李曉芳

版權行政暨數位業務專員／陳玉鈴
資深版權專員／許儀盈
行 銷 企 畫／陳姿億
行銷業務經理／李振東
副 總 編 輯／王雪莉
發 行 人／何飛鵬
法 律 顧 問／元禾法律事務所　王子文律師
出　　版／春光出版
台北市 104 中山區民生東路二段 141 號 8 樓
電話：(02) 2500-7008　傳真：(02) 2502-7676
部落格：http://stareast.pixnet.net/blog　E-mail：stareast_service@cite.com.tw
發　　行／英屬蓋曼群島商家庭傳媒股份有限公司城邦分公司
台北市中山區民生東路二段 141 號11 樓
書虫客服服務專線：(02) 2500-7718 / (02) 2500-7719
24小時傳眞服務：(02) 2500-1990 / (02) 2500-1991
服務時間：週一至週五上午9:30～12:00，下午13:30～17:00
郵撥帳號：19863813　戶名：書虫股份有限公司
讀者服務信箱E-mail: service@readingclub.com.tw
歡迎光臨城邦讀書花園　網址：www.cite.com.tw
香港發行所／城邦（香港）出版集團有限公司
香港灣仔駱克道 193 號東超商業中心 1 樓
電話：(852) 2508-6231　　傳眞：(852) 2578-9337
E-mail : hkcite@biznetvigator.com
馬新發行所／城邦（馬新）出版集團　Cite(M)Sdn. Bhd
41, Jalan Radin Anum, Bandar Baru Sri Petaling,
57000 Kuala Lumpur, Malaysia.
Tel: (603) 90578822　Fax:(603) 90576622　E-mail:cite@cite.com.my

封 面 設 計／ Ancy Pi
插 畫 繪 製／平凡・陳淑芬
印　　刷／高典印刷有限公司

■ 2007 年（民 96）10 月 2 日初版
■ 2020 年（民 109）5 月 5 日二版
Printed in Taiwan

售價／300元

城邦讀書花園
www.cite.com.tw

ISBN　978-986-6822-38-4

廣　告　回　函
北區郵政管理登記證
台北廣字第000791號
郵資已付，免貼郵票

104 台北市民生東路二段 141 號 11 樓
英屬蓋曼群島商家庭傳媒股份有限公司
城邦分公司

請沿虛線對折，謝謝！

愛情・生活・心靈
閱讀春光，生命從此神采飛揚

春光出版

書號： OF0009X	**書名：**降臨

請於此處用膠水黏貼

讀者回函卡

謝您購買我們出版的書籍！請費心填寫此回函卡，我們將不定期寄上城邦集最新的出版訊息。

姓名：________________________________

性別：☐男　☐女

生日：西元____________年______________月________________日

地址：________________________________

聯絡電話：______________________　傳真：______________________

E-mail：________________________________

職業：☐ 1. 學生 ☐ 2. 軍公教 ☐ 3. 服務 ☐ 4. 金融 ☐ 5. 製造 ☐ 6. 資訊

☐ 7. 傳播 ☐ 8. 自由業 ☐ 9. 農漁牧 ☐ 10. 家管 ☐ 11. 退休

☐ 12. 其他 ________________________________

您從何種方式得知本書消息？

☐ 1. 書店 ☐ 2. 網路 ☐ 3. 報紙 ☐ 4. 雜誌 ☐ 5. 廣播 ☐ 6. 電視

☐ 7. 親友推薦 ☐ 8. 其他 ________________________

您通常以何種方式購書？

☐ 1. 書店 ☐ 2. 網路 ☐ 3. 傳真訂購 ☐ 4. 郵局劃撥 ☐ 5. 其他 ______

您喜歡閱讀哪些類別的書籍？

☐ 1. 財經商業 ☐ 2. 自然科學 ☐ 3. 歷史 ☐ 4. 法律 ☐ 5. 文學

☐ 6. 休閒旅遊 ☐ 7. 小說 ☐ 8. 人物傳記 ☐ 9. 生活、勵志

☐ 10. 其他 ________________________________

為提供訂購、行銷、客戶管理或其他合於營業登記項目或章程所定業務之目的，英屬蓋曼群島商家庭傳媒（股）公司城邦分公司，於本集團之營運期間及地區內，將以電郵、傳真、電話、簡訊、郵寄或其他公告方式利用您提供之資料（資料類別：C001、C002、C003、C011等）。利用對象除本集團外，亦可能包括相關服務的協力機構。如您有依個資法第三條或其他需服務之處，得致電本公司客服中心電話 (02)25007718請求協助。相關資料如為非必要項目，不提供亦不影響您的權益。

1. C001辨識個人者：如消費者之姓名、地址、電話、電子郵件等資訊。
2. C002辨識財務者：如信用卡或轉帳帳戶資訊。
3. C003政府資料中之辨識者：如身分證字號或護照號碼（外國人）。
4. C011個人描述：如性別、國籍、出生年月日。

請於此處用膠水黏貼